初恋王子の穏やかでない新婚生活

WAKI NAKURA
名倉和希

CHOCOLAT BUNKO

ILLUSTRATION 尾賀トモ

CONTENTS

弾倉を奥までしっかり入れこむ。銃把を握り、離れた場所に置かれた的に照準を合わせた。力まず、ゆったりと呼吸をして——銃口と的のあいだに一本の線が見えた一瞬を逃さず、引き金を引く。

パン、と軽い銃声が響いた。続けて四発。そのすべてが、的の中心近くに穴を開ける。手を止めて遠巻きに見守っていた兵士たちが、ワッと歓声を上げた。的の周囲に集まって「すごい」「どうやって？」と騒いでいる。

「素晴らしい命中率です、フィンレイ様」

指導役の兵士に感心したように褒《ほ》められ、フィンレイは手にしていた短銃を台に置きながら照れ笑いした。短銃は実用的なもので装飾はいっさいない。銃弾が五発まで装填《そうてん》できる、今年になってから出回るようになった最新式だった。

「なにをしている。さっさと訓練に戻れ！」

いつまでも賑やかに的の前で話をしている兵士たちに、指導役が怒鳴《どな》った。慌てて散らばった兵士たちは、支給された短銃で射撃の訓練を再開する。パンパンと銃声があちこちから響いた。

「毎日のように訓練しているのに、この中で一番の短銃使いが領主の伴侶《はんりょ》であるフィンレイ様とは……私の指導が至らないせいでしょうか。ああ、すみません、フィンレイ様を悪く言うつもりは毛頭《もうとう》ありません」

フィンレイは指導役の兵士に苦笑する。

「私は子供のころから猟銃を使って狩猟にいそしんでいたので、こうした道具には慣れているのです。照準の合わせ方とか、呼吸の仕方とか。猟銃が短銃になっても、そうした部分は変わりないですから」

「それにしてはフィンレイ様の射撃の腕は素晴らしい」

「ありがとうございます」

「私だけでは兵士たちの指導に限界がありますので、ぜひ手伝ってもらいたいところなのですが……」

「あー……それは、ちょっと無理だと思います」

「でしょうね」

あきらめ口調で呟いた二人の視線の先には、肩を怒らせてこちらへ歩いてくるフレデリックの姿があった。金髪碧眼《へきがん》、すらりとした長身のフレデリックは、どこからどう見ても貴公子だ。私兵の訓練場には似合わなかった。

「フィンレイ、まだここにいたのか」

不機嫌さを隠しもせずに、フレデリックはフィンレイの腕を掴む。

「お茶の時間に姿を現さないと思ったら……」

「今日の午後は射撃の訓練をする予定だと、朝伝えましたよ」

「たしかに聞いたが、ほんの半刻ていどだと思っていた。もう一刻半ほどにもなるのではないか？　それと——近すぎるだろう」

「はい？」

なんのことかと首を捻ったフィンレイは、強い力で腕を引かれ、指導役の兵士から距離を取らされた。

「私の妻に必要以上に近づかないでもらいたい」

「領主様、失礼しました」

指導役の兵士は逆らうことなく頭を下げて謝罪し、フィンレイから離れていく。慌てて声をかけた。

「指導してくださって、ありがとうございました。また来ます」

「お待ちしています」

軽く手を振り合っていると、フレデリックに強く腕を引かれた。射撃訓練場から連れ出される。フレデリックが早足で歩くから、フィンレイは小走りになった。頭一つ分の身長差は、そのまま歩幅の差となる。まっすぐ前だけを向いて難しい表情で歩く十三歳年上の夫を、フィンレイは見上げた。

「フレデリック、怒っていますか?」

「なぜ私が怒っていると思うのだ」

「こっちを見てくれないからです」

ぐっとフレデリックの口角が下がる。不意に抱きしめられた。何事かと驚いている間に、攫うようにして植木の陰に連れこまれる。ぎゅうっと力いっぱい抱きしめてくるフレデリックの背中に、フィンレイも腕を回した。

「フィンレイ、私は怒っているわけではない。ただ、あなたに私以外の男が近づくことが許せないだけだ」

「私以外の男って……指導役ですよ?　彼はフレデリックもよく知っている人物ではないですか」

「わかっている。そんなことは、わかっている。けれど、我慢できないのだ」

きつい抱擁《ほうよう》が解かれ、両頬を大きな手で包まれる。そっとくちづけられて、フィンレイは微笑んだ。昨夜もこの唇にたっぷりと愛された。体のいたるところに、夫婦の愛の営みの名残《なごり》がある。

「あなたは私のものだ」

「そうです。身も心もフレデリックのものです。だからなにも心配することなんて——」

「いや、心配は尽きない。なにせフィンレイはこんなに可愛いのだから」

大真面目《おおまじめ》にそう囁いてくるフレデリックに、フィンレイは呆れつつも笑った。いつものことなので、もう慣れた。

「この国には珍しい漆黒《しっこく》の髪と、濡れた黒曜石のような瞳。健康的な色艶の肌と、のびのびとした手足。そしてなにより、家族を愛する純粋な心。フィンレイ、私はあなたに出会えて、本当によかった。愛している」

「私も愛しています。フレデリック」

植木に隠れて、二人は唇を重ねた。しっとりと舌を絡め合い、口腔内を愛撫し合う。場所も忘れてくちづけに夢中になってしまった。ふと我に返り、二人は頬を染めながら唇を離す。

「フィンレイ、続きは夜にしてもいいか」

甘く掠れた小声で伺いを立てられ、フィンレイはますます顔を赤くした。

「昨夜もしましたよ」

「毎晩してはいけないという決まりはない」

「それは、そうですけど……」

「いやなのか」

「いやではありません」

「ならば、いいのだな？」

はい、とフィンレイはちいさく頷いた。

昨年春に結婚して一年半がたつ。名実共に夫婦になってからは一年。まだまだ新婚だ。夫に抱かれ丹念に愛された痕跡は、この一年のあいだ、フィンレイの体から完全に消えることはなかった。消える前に重ねられる。夜毎の情熱的な愛情表現に、真っさらだったフィンレイの若い体はすっかり作り替えられ、愛されるための肉体となった。フレデリックによってフレデリックのためだけの体になったのだ。新婚の熱は冷めるどころか増しているような気がする。

求められすぎて翌日の体調に影響することが、少なからずある。けれどそんなことは些《さ》末《まっ》な問題だ。夫に抱かれる喜びはとても大きく、幸せだと思う。今日のように、ちょっと訓練場で兵士たちと交流しただけで悋気《りんき》を起こされても、仕方がないなと笑って許せるくらいに。

「子供たちが待っている」

機嫌を直したフレデリックと手を繋ぎ、三人の子供たちが待つサンルームへ向かった。

秋が深まってきたこの季節、ガラス張りのサンルームで過ごす午後のひとときは家族の一日の楽しみとなっている。いたるところに鉢植えの木々が置かれたサンルームは明るく、暖房がなくとも暖かで、すでにテーブルについていた三人の子供たちは執事のギルモアにお茶を淹《い》れてもらっていた。

「あ、フィンレイ、やっときた！」

「フィンレイ、おそいよー」

五歳の双子、ジェイとキースが振り返って口々に文句を言う。

「ごめん、待たせちゃったね」

今日は射撃の訓練に行くからお茶会は欠席するかもしれない、と子供たちには言ってあった。けれどそんなことは忘れたようで、「まってたんだよ」「おなかすいたぁ」と恨めしげに言われる。

ふわふわの茶髪と飴玉のように澄んだ茶色い瞳の双子の男児は、まだまだ無邪気で可愛い盛りだ。フレデリックの弟の遺児である二人は、フィンレイがこの屋敷に来たとき、一番に懐《なつ》いてくれて孤独な心を慰めてくれた。

ジェイとキースの間の席に座り、丸テーブルの反対側から黙ってこちらを見ていた少年に微笑みかけた。

「ライアン、二人をきちんと席につかせてくれてありがとう」

十歳になったライアンは目尻をほんのりと赤くして照れながら、精一杯の澄ました顔で「いえ」とだけ返してくる。やんちゃな双子を座らせて待たせるのは難しい。それをフレデリックもわかっているから、無言でライアンの肩をポンと叩いてねぎらい、その隣に腰を下ろした。

ライアンはフレデリックの姉の遺児だ。叔父《おじ》であるフレデリックに容姿が似ていて、金髪碧眼。すくすくと身長を伸ばしていて、まだ十歳でありながら小柄なフィンレイと目の高さがあまり変わらなくなってきた。すでにディンズデール家の後継者として届けを出してあり、二年後には王都へ留学することになっている。かつてフレデリックも学んだという王立学院への入学準備として、数人の家庭教師を雇い入れ、猛勉強中だった。

たまの息抜きは、フィンレイの狩りに同行すること。フレデリックは狩りに興味を持たないが、狩猟好きで猟銃のコレクターだったという先代当主の血を受け継いだのかライアンは好きなようで、フィンレイが誘うと喜んでついてくる。いまのところ射撃の才能は開花していない……。

「フィンレイ様、本日は珍しい茶葉が手に入りました」

六十歳を過ぎても皺《しわ》ひとつない上着を身につけ、白髪混じりの髪を一本の乱れもなく撫でつけたギルモアが、優雅でありながら隙のない動きでティーカップを置いてくれた。

「珍しい茶葉？」

カップを手に取り匂いを嗅いでみて、思わず「あっ」と声を上げた。フレデリックを見ると、満足気に微笑む。

「これ、このあいだ私が話した産地の茶葉？」

「そうだ。手に入れるのに一カ月もかかってしまった」

「探してくれたんですね。ありがとう。嬉しいです」

素直に喜びを表現したフィンレイに、フレデリックが蕩《とろ》けそうな笑顔を向けてくれる。

「茶葉くらい、どこからでも取り寄せよう。ほかになにか欲しいものはないか。ああそうだ、茶葉のついでに希少価値の高い蜂蜜も手に入れたのだった。ギルモア、明日の朝はパンケーキにそれを添えるよう、厨房《ちゅうぼう》に伝えておいてくれるか」

「かしこまりました」

ギルモアが頭を下げ、サンルームを出て行く。パンケーキに蜂蜜と聞いて、双子の目が期待に輝き出す。

「あしたのあさ？　あしたなの？　いますぐたべてみたい！」

「たべたい、たべたい！」

「こら、二人とも静かにお茶を楽しもう。蜂蜜は明日の朝だよ。楽しみだね」

木の実たっぷりのクッキーを差し出して黙らせながら、二人のふわふわの髪を撫でる。

「フィンレイ、本当に欲しいものはなんでも言ってくれ。わたしはこれでもかなりの甲斐性があるつもりだ」

微笑みながらもやや真剣味を帯びた口調でフレデリックが言ってくる。この一年、ことあるごとにフレデリックは物を贈りたがったが、子供のころから物欲に乏《とぼ》しかったフィンレイには、そう言われてもすぐには思いつかない。

フィンレイが欲しいのは、三人の子供たちの笑顔と健やかな成長、愛するフレデリックのキスと抱擁、領民たちの幸福――そういうものだ。

「私はみんなと楽しく穏やかに暮らせたら、それでいいので……」

いつもの返事になってしまう。フレデリックはため息をついて、苦笑いした。

「あなたは本当に欲がない。お金がかからない妻だ」

「それではダメですか？」

「そんなわけないだろう。領主の妻として、あなたほどふさわしい人はいない。私は幸せ者だ」

にっこりと笑顔を向け合い、お茶の時間を楽しんだ。

愛する夫と、夫の甥《おい》たちに囲まれて、フィンレイは穏やかな幸福を噛みしめる。


フレデリックが治めるディンズデール地方領は、大陸の中央に位置する大国フォルド王国の中に点在する自治領のひとつだ。

いくつかある自治領の中ではもっとも豊かで治安がよく、毎年莫大《ばくだい》な額の税金を王国に納めながらも蓄財する余裕がある。代々の領主は質素倹約を常とし、領民の幸せのために労を惜しまなかった。

長年の善政により領民たちは心穏やかに暮らし、働き者で、王室をよく敬う。品行方正なディンズデール家は王家のお気に入りとなっていた。

フレデリックは父親の急死により、若くして領主の座に就いた。その気品ある容姿と豊かな財産だけでも注目に値するというのに、独身だった。国中の結婚適齢期の女性たちから注目されていたといっても過言ではない。

そんなフレデリックとフィンレイは、昨年の春、結婚することになった。フレデリックは三十一歳、フィンレイは十八歳だった。

この国では、それなりの事情があれば同性同士の結婚が許されている。すでに後継者がいる貴族や商家などの間では、子供が生まれない同性の伴侶を迎えることは珍しくなかった。当時、王太子だった長兄ウィルフにフレデリックとの結婚話を聞かされたとき、フィンレイは喜んだ。

フィンレイはフォルド王国第十九代国王ジェラルドの十二番目の王子だ。とはいえ、フィンレイの母親は平民で、母子ともに王城の後宮で暮らしたことはない。王都内で手広く商売をし、豪商とも呼ばれる祖父の家で育った。

王家から養育費が支払われていたし、祖父は裕福だったので何不自由なく暮らした。フィンレイ自身、市井《しせい》育ちであることに引け目を感じたことはない。きちんと教育を受けさせてもらったうえで、庶民と変わらない生活を送ったことは最高の学びになったと思っている。

祖父の店にはさまざまな地方のさまざまな職種の人間が出入りしており、フィンレイは多様性を体感しながら大人になった。狩りを教えてくれたのも、祖父の店に出入りしている木こりだった。

年に数回、国の行事に呼ばれるときだけ王城に上がった。そんな名ばかりの王子であるフィンレイに目をつけたのが、ウィルフだった。

ウィルフは年齢が近いがゆえに、子供のころから比較されてきたフレデリックを嫌っていた。結婚の意思がなく、引き取った甥を後継者と決めたフレデリックに、嫌がらせとして王子との縁談を持ちかけたのだ。王家からの結婚の申し出を、領主とはいえ臣下であるフレデリックが断れるわけがない。フレデリックはやむを得ずフィンレイとの結婚を承諾した。

フィンレイはそんな経緯を知らず、望まれた結婚だと信じて、王都から馬車で十日かけてディンズデール領へ嫁いだ。これからはじまる新しい生活に、希望で胸をいっぱいにして――。

フィンレイはフレデリックに恋をしていた。国の行事で見かけた凜々《りり》しい若き領主に、わずか十歳で目を奪われた。初恋だった。けれどフィンレイは、何人もいる王子の中の一人でしかない。フレデリックと親しく話せる機会もなく、年に数回その姿を見ることだけが、フィンレイの喜びだった。

だから結婚話を聞いたとき、歓喜したのだ。嫁ぐ日を指折り数えて、期待に胸を膨らませながら領地へ行き、そこではじめてフレデリックが望んだ結婚ではなかったと知り、愕然とした。

最初、フレデリックは冷たかった。形式上だけの結婚に留め、フィンレイと本当の夫婦になるつもりはなかったのだ。

孤独を癒してくれたのが子供たちだった。まず子供たちがフィンレイに懐いてくれ、やがてフレデリックとも打ち解けることができた。仲が悪いウィルフの回し者だと思われていたのだ。誤解がとけて、フレデリックはフィンレイを好きになってくれた。

形だけの夫婦から、心を通わせた本当の夫婦になれる——そんな矢先に、ウィルフがフレデリックの暗殺を企てたり、それをフィンレイが得意の射撃で阻止したり、いろいろあった。

国王ジェラルドの逆鱗《げきりん》に触れたウィルフは廃嫡《はいちゃく》され、王都を追放された。いまは地方都市のさらに向こうにあるという寂《さび》れた離宮で、家族とひっそり暮らしているらしい。

酷い王太子ではあったが、正妃の第一子であるウィルフを支持する貴族は多かった。彼らを下手に刺激すると反発を招きかねないとして、国王はフレデリックとフィンレイに一年間の謹慎を申し渡した。

二人になんら落ち度はないのに罰を与えるとは不公平な裁決だと、フレデリックと懇意《こんい》にしている貴族たちは不満を口にしたが、二人は受け入れた。ウィルフ派の貴族たちからフレデリックを守るための謹慎だと理解していたからだ。

それに、一年間も国の行事に呼び出されることなく領地にいられる。やっと夫婦らしくなった二人にとって、あらためて新婚生活をはじめられる褒美《ほうび》のようなものだった。

この一年間、フレデリックとフィンレイは毎朝くちづけをして、昼は子供たちと遊び、公務をこなし、夜はひとつの寝台で眠った。幸せな一年間だった。

国王は第二王子アンドレアをあたらしい王太子に選んだ。アンドレアは一人目の愛妾が産んだ王子だが、ウィルフより素行がよく慈善活動にも積極的だったので、国民の人気が高い。ウィルフに失望したあとだったのでなおさら、国王はアンドレアに期待しているらしかった。

フィンレイにとってウィルフもアンドレアも異母兄にあたる。しかし十五歳以上も年齢に開きがあるうえに、フィンレイは市井育ち。ほぼ面識がなかったし、王城の噂話にも疎《うと》かったので、異母兄たちの人となりや人間関係はあまり知らなかった。

「アンドレア殿下とは学友だった」

次の王太子にアンドレアが決定したという知らせを受けたフレデリックがそう言い、フィンレイは驚いた。

「そうだったのですか？」

「アンドレア殿下とは三歳しか離れていない。王立学院ではよくおなじ講義を受けたものだ。年齢が近い王族の中で、アンドレア殿下が一番馬が合ったというか、親しくさせていただいた。卒業後もなにかと気遣ってくださって、私が王都に出向いたときは、かならず挨拶にうかがうようにしている」

　初耳だった。ウィルフに目の敵にされていたから、フレデリックは王族が嫌いなんだと勝手に思っていた。

「アンドレア殿下のご子息、アーネスト殿下はもう何歳になられたのだろうか。ずいぶんとお目にかかっていないが、王立学院では優秀な成績をおさめていると噂に聞いた」

「……アーネストは、たしか私より二つか三つ年下ですよ」

「そうか、フィンレイと年が近いのだな」

　懐かしそうに語るフレデリックを、フィンレイはちょっと拗《す》ねた目で眺めた。

　年が近い異母兄が羨ましい。同時期に学院で学んでいたなんてすごい。フレデリックとフィンレイの十三歳の年の差は、永遠に縮まらないのだ。さらに、夫の学友の息子と自分の年が近い。面白くなかった。

「フィンレイ、どうした？」

「なんでもありません」

　その夜、不機嫌になったフィンレイを抱きしめて、フレデリックは何度もくちづけてくれた。

　去年の初冬からはじまった謹慎期間は、もうすぐ終了する。

お茶菓子でお腹がふくれたジェイとキースが椅子の上でこっくりと船をこぎ出したので、フィンレイは隣室に控えていたナニーを呼んだ。双子を自室で休ませるように頼む。それを機に、ライアンが今日最後の家庭教師が来るまで自習すると言って、サンルームを去った。

夫婦二人だけになると、フレデリックがフィンレイの隣の席に移動してきた。テーブルの下で手を繋ぐ。視線を合わせると、まるで引き合うように唇を重ねた。

「フレデリック、このまま何事もなければ、新年の行事に呼ばれるでしょうか」

「呼ばれるだろうな。王都の屋敷には、もう手紙を出した。そろそろ私たちが使えるように準備をしてくれと」

「王都の屋敷には、ギルモアの甥がいるんですよね？」

「そうだ」

王都にはディンズデール家の屋敷がある。領主とその家族が王都に出かけたときは、その屋敷で寝泊まりするのだ。フィンレイはまだ一度も使ったことがなかった。

「ギルモア家は、代々ディンズデール家の執事職を受け継いできた。ギルモアの甥のギルバートは、たしか私よりも五つか六つ年上だったはずだ。まだ三十代だが王都の屋敷の管理を任せている。……興味があるのか？」

「え？　なにに対してですか？」

きょとんと聞き返してすぐ、ギルモアの甥についてかと察した。フィンレイは繋いだ手をぎゅっと握る。

「私が興味を持つのは、旦那様のことだけです」

「そうか？　子供たちのことは？」

「もちろん子供たちのことは気になります。でも一番はフレデリックです」

そう言わせたいとわかっているから、フィンレイは甘く囁く。フレデリックは「ふむ」と難しい顔をしてみせながらも、口元がかすかに笑っている。

「その、フィンレイ」

「はい」

「まだ仕事が残っているので役場に戻らなければならないのだが……すこし、部屋で休憩しないか？」

繋いだ手が熱くなっている。フレデリックの誘いに、フィンレイは眉尻を下げた。夜まで待てない、と夫が訴えている。けれど今日の仕事が残っているらしい。こういう場合、領主の妻としてどう答えたらいいのか――。

「フィンレイ」

　頬に手が伸びてきた。するりと撫でられ、顎を取られる。優しくくちづけられて、うっとりと目を閉じた。何度もついばむように唇を吸われ、軽く歯を立てられてしまうと、もうフィンレイは抗えない。

　静かに席を立つフレデリックに手を引かれ、サンルームを出る。導かれた先は、フレデリックの寝室だ。陽光が眩しい窓に素早くカーテンを引き、フレデリックはフィンレイを抱きしめてきた。そのまま寝台に押し倒される。

「ああ、フレデリック……」

　顔中にくちづけを受け、熱い唇が首筋をたどるのを許す。フレデリックの指が素早くフィンレイの胸元のボタンを外し、肌を露わにした。次々と外されていくボタン。白い胸と腹には、いくつもの赤い痕がついていた。まだ赤々とあたらしいものから、うっすらと色が薄くなって消えかけのものまで。

「フィンレイ、きれいだ、愛している」

　甘い言葉を囁きながら、フレデリックが肌を強く吸う。赤い痕を重ねられ、フィンレイの肌はまだらになっていった。乳首のまわりはとくに念入りに吸われるので、乳輪が大きくなってしまったようにも見える。

「あ、んっ、んっ」

胸を舐められ吸われただけで、体が熱くなった。下着の中で性器が滾《たぎ》ってくる。フレデリックのものも固くなっているのが、足にあたった感触でわかった。

その大きさと熱さを欲したのか、尻の奥がずくっと疼《うず》いた。フレデリックの屹立《きつりつ》に貫かれるときの快感がよみがえり、フィンレイは切なく喘いでしまう。

「フレデリック、おねがい、もう……」

火がついてしまったことを訴えると、フレデリックは無言でフィンレイの服をすべて脱がした。自分も素早く脱いでしまい、覆い被さってくる。その手には、いつのまにか香油の瓶が握られていた。コルクの蓋《ふた》が外されると、甘い花の香りが寝台に広がる。

男同士の性交には欠かせない香油だ。一年前、はじめて抱かれたときにも使われた。それ以来、フィンレイはこの香りを嗅ぐとたまらなくなる。

香油をまとった指が後ろの窄《すぼ》まりに入ってきた。すっかり感じる器官に変えられてしまったそこは、指だけでは物足りないと不満を訴えている。

「もう、いいから、フレデリック」

時間をかけて解さなくとも、フィンレイの体はもう慣れきっていた。二日と空けずに体を繋げているのだから、当然だろう。

頬を紅潮させたフレデリックが、フィンレイのそこに剛直をあてがった。

「あ、あっ、フレデリック……！」

香油の滑りを借りて、太くて長いものが入ってくる。感じやすい粘膜が広げられ、擦られ、官能を生んだ。

「フィンレイ、愛している、フィンレイ」

まだ外は明るいし、フレデリックは仕事が残っているらしい。こんなことに夢中になって、領主の妻として失格かもしれない。けれど愛する人に情熱的に求められる喜びは、なにものにも代えがたかった。

そんな、穏やかながらも愛が溢れるディンズデール領に、ある日、王都から早馬が来た。

緊急の知らせだ。新王太子アンドレアの訃報《ふほう》だった。王室からの手紙に、フレデリックは愕然と言葉をなくしていた。

「アンドレアが？　亡くなったのですか。なぜです？」

まさか暗殺されたのかと恐ろしい想像に青くなったフィンレイだが、フレデリックは首を横に振った。

「落馬事故だそうだ。王太子妃殿下と息子のアーネスト殿下もその場に居合わせたというから、仕組まれた事故ではないだろう」

「なんてこと……」

ウィルフが廃嫡されて揺れ動いた王国が、やっと落ち着いたところだったのに。

フレデリックは手紙の続きを読みながら、眉間に皺を寄せる。

「国王陛下はご心痛のあまり寝付いてしまったそうだ。陛下はもうすぐ六十歳。このまま重い病にでも罹《かか》ってしまうと厄介《やっかい》なことになる」

「次の王太子ですか？」

「そうだ。陛下が受けた衝撃は激しく重いものだったろうが、はっきり言って寝付いている場合ではない。すぐにでも次の王太子を決めないと、国民が不安を覚える。周辺諸国に対しても、隙を見せることになってしまう」

フォルド王国は大国だが、それも安定した王室あってこそだ。

この国の王位は、長子の子に優先的に継承される。つまり継承するのは亡くなった第二王子アンドレアの一人息子アーネストだ。しかし彼はまだ十代の学生。フィンレイよりも年下なのだ。突然の父親の死を受け入れるだけでも大変なのに、次期国王候補となる重圧に耐えられるのだろうか。

かといって、第三王子ディミトリアスを王太子に据えるのは危険なような気がする。ディミトリアスはウィルフとおなじく正妃が産んだ王子だ。年齢は三十三歳。性格はウィルフに似ており、素行はあまりよくないと聞いている。

「とりあえず、フィンレイ、王都へ行くぞ。アンドレア殿下の国葬は十日後だ」

「十日後ですか。では馬車で悠長に旅をしている場合ではないですね。足の速い馬を用意して駆けていきましょう。最低限の荷物をまとめてきます」

フィンレイはギルモアを呼び、二人分の荷物を作りながら、行程の検討をはじめた。出立は明日の朝。今日のうちに途中の宿場町へ人を送り、宿の部屋を押さえてもらい、替えの馬を用意しておいてもらわなければならない。その人選や路銀の手配はギルモアに任せた。

フレデリックはライアンを書斎に呼び、事情を説明した。結婚後、フレデリックとフィンレイが二人揃って領地を留守にするのははじめてのこと。国葬の後、できるだけ早く戻ってくるつもりだが、それでも二十日間ほどは城を空ける。フレデリックに「留守を頼む」と言われて、ライアンは「はい」としっかり頷いた。

翌早朝、日の出とともにフレデリックとフィンレイは馬上の人となった。護衛は腕の立つ兵士を五人選んだ。全員が帯剣し、懐《ふところ》に短銃も所持している。

「では、行ってくる」

「いってらっしゃい！」

眠い目を擦りながらジェイとキースが手を振ってくれた。ライアンも見送ってくれている。子供たちと何日も離れるのははじめてのフィンレイは、何度も振り返って馬上から手を振った。

それから王都まで、ひたすらに馬を駆けさせる旅がはじまった。早馬ほどの速度ではなかったが、二刻おきの休憩以外は馬の上だ。かなり体力を使う移動だった。けれどギルモアが手配した宿や替えの馬の用意は完璧で、食事と睡眠はしっかり取ることができ、だれひとり体調を崩すことなく王都にたどり着くことができたのだった。

領地を発ってから五日目の夜、フィンレイたちは王都内のディンズデール邸に到着した。

貴族たちの屋敷が建ちならぶ地区の一画に、ひときわ立派な石造りの屋敷があった。

頑丈そうな門の内側には篝火《かがりび》がたくさんならび、大きな両開きの玄関扉の前には、どこかギルモアに似た風貌の男が立っていた。この屋敷の管理を任せている、ギルモアの甥だろう。

フレデリックがひらりと馬から下りながら声をかける。

「ギルバート、息災だったか」

「旦那様もお元気そうでなによりです」

目を細めて控えめに微笑んだギルバートは、つづいて馬から下りたフィンレイを見た。

「はじめまして、奥様。わたくしはこの屋敷の執事ギルバート・ギルモアと申します」

丁寧に腰を折ったギルバートだが、打って変わって近寄りがたい空気を放ってきた。

見えない壁が瞬時に作られたように感じ、若干怯みながらも、フィンレイは笑顔を作った。

「はじめまして。私のことはフィンレイと名前で呼んでください。あなたのことはフレデリックとおなじようにギルバートと呼べばいいですか？」

「ご自由にどうぞ、フィンレイ様」

すっと視線をそらし、ギルバートは背中を向けてしまった。

「旦那様、湯浴みの用意ができています。どうぞ旅の疲れを落としてきてください。護衛兵は向こうへ。厩番《うまや》、馬を馬房に」

てきぱきと指示を出すギルバートは、フィンレイをほぼ無視しているように見える。軽く衝撃を受けつつも、仕方がないことかもしれないとため息ひとつで飲みこんだ。

ギルバートにとってフレデリックは大切な主人だ。ギルモア家が代々執事として仕えてきたディンズデール家の現当主なのだから当然だ。その大切な当主の結婚相手が、市井育ちの十二番目の王子であったことに、きっと失望したのだろう。

王位継承権を持たない、なんの権力も財産も取り柄もない忘れ去られた王子——それがフィンレイを評するときの大方の意見だから。

フィンレイの上には十一人の異母兄がいる。第一王子ウィルフ、第二王子アンドレア、第三王子ディミトリアスを除くと残りは八人。そのうち、子供のころに事故で亡くなった王子が一人、生まれつき病弱で成人できなかった王子が二人、平民と恋愛結婚して王族ではなくなった王子が一人、成人することはできたが虚弱体質で郊外の離宮に引きこもっている王子が一人、残りの三人は権力争いの激化を未然に防ぐために隣国の貴族に婿入りさせられた。

去年の初めの時点で、独身の王子はもうすぐ十八歳になるフィンレイと九歳のヒューバートだけだった。フィンレイは成人後も国からなんの役職も与えられずにほぼ放置されていた。

本人は名ばかりの王子であることを気にしていなかったのだけれど、王家がディンズデール家に厄介払いのようにフィンレイを押しつけた、とギルバートが受け取ったとしても、致し方ない状況ではあった。だから、冷たい態度を取られても仕方がないのだ。

一年半前、結婚したばかりのころ、ギルモアをはじめとした領地の城の使用人たちもフィンレイに対してこんな感じだった。けれど日常生活の中ですこしずつ距離を縮めて、理解し合っていったのだ。

（きっと、ギルバートともそのうち打ち解けられる。私にはなんの他意もなくて、ただフレデリックのことが好きで、ディンズデール地方のことも好きになって、領民たちによりよい暮らしを送ってほしいと思っていることをわかってくれる……）

ちょっと冷たくされたからと落ちこんでいてはだめだ。

「フィンレイ、なにをしている」

玄関を入ったところでフレデリックが振り返った。慌てて追いかけて、フィンレイも屋敷の中に入った。

◇

王都に着いた翌日、フレデリックとフィンレイは国王ジェラルドを見舞った。

侍従に案内され国王の寝室に入ると、豪奢《ごうしゃ》な天蓋《てんがい》つきの寝台にジェラルドはいた。いくら国王のお気に入りとはいえ、フレデリックは寝室まで入ったことはない。さすが大国の王の私室だ。調度品はすべて一級品で、感心するほどだった。

ジェラルドは寝台の上で体を起こし、背中にいくつも枕をあてがって座っている。医師に薬湯を飲まされていた。

いくぶん顔色は悪いが、重篤《じゅうとく》な様子ではない。期待を寄せていた第二王子の急死に衝撃を受け、一時的に気力が減退しただけだろう。時間とともに心の傷を癒し、政務に復帰してもらいたいところだ。

「父上」

フィンレイが寝台に歩み寄ると、「おお、来てくれたのか」とジェラルドが弱々しい微笑みを浮かべた。

「フレデリックも、よく来てくれた」

「お加減はいかがですか」

「今朝は少量だが食事を取ることができた。アンドレアの国葬までには、なんとか床上げしないといとな」

国王としての義務感から、ジェラルドは自分自身にそう言い聞かせているようだ。それから二言、三言の会話をして、フレデリックとフィンレイは早々に寝室を辞した。ジェラルドを疲れさせてはいけない。

今日は国王の見舞いが目的で登城したので、もう用事は済んだ。国葬は四日後に迫っている。王城内は落ち着かず、侍従や侍女たちは忙しそうだ。邪魔になっては悪いので早々に屋敷に戻ろうかと廊下を歩いていると、若い侍従に呼び止められた。国王の寝室まで案内してくれた侍従とは別人だった。

「ご休憩用のお部屋をご用意いたしました。ぜひ休んでいってください」

そう言われて、思わずフィンレイと目を合わせる。いったい何事だろうか。なにか意図があって引き留めているとしか思えない。目的を知るためにも話に乗ろうと考え、侍従に促されて近くの小部屋に入った。

部屋の中は無人で、テーブルとソファが置かれているだけだ。

「ここでしばらくお待ちください。わたくしの主人を呼んでまいります」

侍従は頭を下げて部屋を辞していく。やはり目的があって呼び止めたのだ。

「あの侍従は王族のだれに仕えているのだ？」

フィンレイに聞いてみたが、「わかりません」と首を左右に振る。

「私は王城で暮らしたことがないので、この部屋がただの空き部屋なのか、なにか仕掛けがあるのかも知りません……。すみません」

「あなたが謝ることではない」

苦笑して部屋を見渡す。多目的に使用するための部屋だろうか。とりあえずだれが来るのか知っておくために、待ってみることにした。

しばらくソファに座っていると、廊下を近づいてくる足音が聞こえてきた。

唐突に扉が開き、派手な色合いの服を着た中年の男が入ってくる。第三王子ディミトリアスだった。反射的にフレデリックとフィンレイは立ち上がる。

「ディミトリアス殿下……！」

「待たせてしまったな。すまない」

大股でずかずかと歩いてくると、フレデリックの正面のソファにドカッと座った。さきほどの侍従がトレイを持ったまま小走りで入室して、ディミトリアスの前にティーカップを置く。どうやらこの侍従は、ディミトリアス付きの者だったようだ。

くせのある茶褐色の髪を額からかきあげ、ディミトリアスは大袈裟《おおげさ》な笑顔でフレデリックに「ひさしぶりだ。変わらず元気そうだな」と妙に親しげに話しかけてくる。

はっきり言って、フレデリックはディミトリアスとたいして親しくはない。年齢が近いので王立学院時代からの顔見知りではあったが、この王子は前王太子ウィルフとつるんでフレデリックを敵対視していたのだ。

アンドレアが亡くなったからといって、いきなり距離を詰められても困る。

「おひさしぶりです。一年間の謹慎が解けるこの時期に、まさかこのようなかたちで登城することになるとは思ってもいませんでした」

フレデリックが殊勝な態度でそう言うと、ディミトリアスは「王太子殿下は残念だった」と頷く。しかし、ディミトリアスの出で立ちと表情は、王太子の死を悼《いた》んでいるようには見えなかった。

「殿下、私になにか御用ですか」

単刀直入に聞いてみた。さっさと話を済ませて帰りたい。

もともと親しくない上に、さっきからディミトリアスは一切フィンレイに視線を向けない。たとえ本心では異母弟にあまり関心がなくとも、ともに王太子の死を嘆く立場だ。国王の子として、もっと取るべき態度というものがあるだろう。

フィンレイはおとなしく座っており、なにも言わない。それが不憫《ふびん》で、早く屋敷に連れて帰ってやりたいと思った。

ディミトリアスはカップを手に取ると、不作法にもぐいっと一気に飲み干した。

「いま陛下を見舞ってきたのだろう？　次の王太子についてのお考えを、なにか聞いたか？」

やはり知りたいのはそれか、とフレデリックはため息を飲みこむ。こちらが単刀直入に尋ねたので、おなじように返してきたのだろう。単純な思考の持ち主でよかった。話が早い。

「陛下はなにもおっしゃいませんでした」

「本当に？　陛下は近しい王族以外は寝室に入れない。ディンズデール殿だけが例外だ。それほど信頼されているのに、なにも言われなかったというのか」

「まだそこまで冷静になれてはいないようでした。それほどアンドレア王太子殿下が亡くなったことは衝撃だったのでしょう。次の王太子候補について考えられるようになるには、もうすこし時間が必要だと思います」

うむ、とディミトリアスは肘掛けにもたれ、しばし黙る。ちらりとフレデリックを上目遣いで見てきた。なにを言おうとしているのか、なんとなく察することができる。聞きたくないが、耳を塞ぐことはできない。

「ディンズデール殿は、だれが次の王太子にふさわしいと考えている？」

視線をがっちりと合わせたまま、フレデリックは逸らさなかった。予想していたので動揺もしない。

「私ごときが王位継承について口出しできるはずもありません」

「もちろんディンズデール殿にその権利はない。しかし有力貴族の中で、あなたほど発言力と影響力がある者はいないだろう。どう思っているのか聞いておきたい」

「買い被りすぎです、殿下。私はただの地方領主に過ぎません。ほんのすこし国王陛下に気に入られている自覚はありますが、ただそれだけです」

「謙遜するな」

「事実です。私はなにも考えていません。アンドレア王太子殿下の国葬が済み、陛下のお心が落ち着きをとりもどせば、おのずと次の王太子は決定するでしょう」

「そう穏やかに進むかな」

ディミトリアスが好戦的な目になり、唇がいやらしく歪む。母親をおなじくするだけに廃嫡されたウィルフによく似ていた。どうやっても好感を持てない。

「もし陛下に意見を求められたら、ディンズデール殿はどう答えるつもりだ？」

「陛下は私にそんな質問はされません」

「もしされたら、と俺は聞いている。俺とあいつと、どっちがいいかと聞かれるかもしれないではないか」

「ですから、陛下はそのような質問は私にされません」

あいつ、とはいったいだれなのか。

ディミトリアスがフレデリックになにを言わせたいかわかっている。もう一人の候補者の名前は、この場で口にするつもりはなかった。ディミトリアスも言う気はないようだ。

居心地の悪い空気が流れたあと、ディミトリアスはひとつ息をついた。

「俺は年相応に経験を積んできた。国政のなんたるかも理解している。俺の妻は国務大臣の娘だし、先月十二歳になった息子は国軍元帥の娘と婚約した。それがどういう意味を持つのか、地方に暮らしているディンズデール殿にはよくわからないかもしれないな。さらに王族の中でも俺に味方する者は多い。俺側についた方が得をするぞ」

ニヤリと下品に笑い、ディミトリアスは立ち上がった。

「よく考えることだ」

それだけ言い置いて、早足で部屋を出て行く。フレデリックとフィンレイは一応立ち上がって見送りはしたが、二人きりになって顔を見合わせた。

「フレデリック、あの……」

なにか言おうとしたフィンレイの口を、指先で閉じさせる。

「まず帰ろう」

ハッとしたようにフィンレイが周囲をぐるりと見回し、頷いた。どこでだれが聞き耳を立てているかわからない。ここで意見を言い合うことは避けた方が無難だった。

帰りの馬車の中で、フィンレイが「情けないです……」と呟いて肩を落とした。

「第三王子ともあろう者が、フレデリックにあんな言い方……失礼にもほどがあります」

「まあ、ディミトリアス殿下が姿を現したときから、話の内容はだいたい予想できていた。つまり私に味方になれと言いたかったのだろう」

「でしょうね……」

フィンレイがため息をついて項垂《うなだ》れる。縁が薄いとはいえ異母兄なのだし、国の将来を左右する事態だ。ため息も出るだろう。

「こうなると、アーネスト殿下の意向を知りたいな」

「そうですね。私より年下の学生ですからね……どうなんでしょう。すべてが急なことでしたから、具体的に考えているかどうか――」

「わからない」

最後にアーネストに会ったのはもう二年も前のことになる。当時、まだアンドレアは王太子ではなかった。第二王子の息子という、王族の中でも国王に近い位置にいたとはいえ、王位継承権からはいささか距離がある、王族の一人に過ぎない。

そのときは、まさか王太子の第一王子ウィルフが一年後に問題を起こして国王を激怒させ、家族全員が王都を追放される事態になるとは、思ってもいなかった。

短期間でめまぐるしく状況が変わり、表舞台に引っ張り出されたことになる。

フレデリックとしては、あのディミトリアスに玉座に就かれては不安だ。汚職と重税に国民が喘ぐことになりはしないか。ディンズデール地方は自治領だが、フォルド王国が弱体化してしまうと当然のことながら大きな影響を受ける。

とはいえ、アーネストはまだ十七歳。国王ジェラルドに長生きしてもらって、そのあいだに帝王学を叩きこむとしても、強力な後ろ盾が必要だろう。その後ろ盾は、できれば常識のある有力者が望ましい。あたりまえのことだが。

国葬のあと、領地に戻る前に、アーネストに会って話を聞く機会を作りたいなと、フレデリックは思った。

◇

国王の見舞いを終えて屋敷に戻ったあと、フィンレイは国葬に参列するための準備をはじめた。

夫婦二人分の礼服は領地から運んできたが、それに不備がないかギルバートに確認してもらい、装飾品や靴を磨いてもらう。ギルバートの仕事は早くてそつがない。さすがギルモアの甥だと感心した。

「ギルバートは王都育ちなんですか？」

　軽い雑談のつもりで話しかけたら、ギルバートはちらりとフィンレイを見たあと顔を伏せ、「ちがいます」と低く答える。やはりニコリともしない対応に、フィンレイは挫《くじ》けそうになった。でもめげない。

「領地で育ったあと、王都に来たということ？」

「伯父に命じられ、成人の儀を済ませたあと十七歳のときに王都のこのお屋敷に来ました。以来、二十一年間、ここで働かせてもらっています」

「そうなんですね。あ、だったら、ジンデル商会を知っています？　私の祖父の店なんですけど」

「王都に住みながらジンデル商会を知らない者はいません。生活していく上で、かならず利用する店です」

「え、そうなの」

　祖父の店が大きいことは知っていても、フィンレイはそれがどれほどの規模なのかよくわかっていない。生活用品をあつかう商店を営むだけでなく、たくさんの人足《にんそく》を雇って公共事業にも関わるなど、多方面に向けて商売しているという大雑把《おおざっぱ》なことしか知らなかった。

では、この屋敷はジンデル商会をどんなふうに利用しているのか、と聞こうとしたら、ギルバートはふいっと離れていってしまった。フィンレイと雑談する暇がないくらい忙しいのか、それとも雑談などしたくないのか。できれば前者であってほしい。

フィンレイはハンガーにかけられた二着の礼服を眺めながら、ため息をついた。

窓の外に目を向ければ、初冬の冷たい風に枯葉が舞っているのが見える。礼服を用意してしまえば、今日はもうすることがない。これが領地の城ならば、することがないと思う暇などなかった。

「みんな、元気かな」

領地に置いてきた三人の子供たちを思い出す。あの賑やかさがほしい。

「……早く帰りたいな……」

フィンレイは王都に着いてたった二日で、領地の暮らしが懐かしくなってきた。双子をぎゅっと抱きしめて、あのふわふわの栗毛に顔を埋めたい。ライアンを連れて森へ狩りに行きたい。

ついついため息ばかりが出てしまう。

子供たちがそばにいないことが、これほど堪えるとは思わなかった。彼らはもうフィンレイの一部になってしまったらしい。それに、フレデリックが多忙で、夫婦の会話がほぼなくなっていることも影響しているだろう。

外で馬車の音が聞こえたような気がして、フィンレイは窓に歩み寄った。いまは二階にいるので、植木のあいだから玄関に横付けされた馬車がちらりと見えた。四頭立ての、見事なつくりの貴族の馬車だ。車体がピカピカに磨かれており、ところどころ金細工の装飾が施されている。御者《ぎょしゃ》の衣装も凝っていた。乗り降りする様子は見えない。

（だれだろう……）

フィンレイは来客の応対に呼ばれていないので、こんなふうに距離を置いてこっそりと見ることしかできない。今日だけで、すでに来客は三組目だ。フレデリックが王都に着いたことを聞きつけて、ひっきりなしに貴族が面会を求めてきているらしい。

用件はただひとつ、次の王太子にだれを推すつもりなのか、だ。

国王の寝室まで行き、ジェラルドと会話をした貴族はフレデリックだけ。王子であるフィンレイと結婚していることも重要視されている。

フィンレイ自身は王位継承権を持たない、権力とは無縁な王子だ。けれど、我が子を嫁がせるほど、フレデリックは国王に信頼されていると受け止められているそうだ。じつはウィルフの嫌がらせによる縁組みだったのだけれど、そこまで裏の事情を知っている貴族はフレデリックと懇意にしている数人だけだという。

（フレデリックの意見をみんなが聞きたがっているんだ……）

それほど重要な人物になっていることを、フィンレイはいまになって知った。

フレデリックは来客を書斎に通し、お茶の用意をギルバートだけにさせて内密な話をしている。除《の》け者《もの》にされているようで、フィンレイは面白くない。

再三、自分も話の輪に入れてくれと頼んだ。これでも王子だし、フレデリックの妻だ。けれどフレデリックは苦笑いして、「あなたは余計なことを考えなくていい。子供たちもいないことだし、のんびりしていなさい」としか言わない。

たぶん子供扱いされている。あるいは、性別は男だが妻という立場から、夫の仕事に口を出さなくてもいいと思われている。フィンレイはまだ十九歳で、人生経験が少ないのは確かだ。

（もっとしっかりしないといけないんだ……）

彼の愛情を疑ってはいない。けれど、それとこれとは別の問題なのだから仕方がない。

フィンレイはこの屋敷の書斎から借りてきた何冊かの本のうち、一冊を選んで手に取った。せっかく子供たちがいなくて自由な時間があるのだから、有意義に使おうと気持ちを切り替え、勉強することにしたのだ。

窓際のカウチに座り、本を膝に載せる。

経済学について書かれた本は、フィンレイにはやや難しかった。わからない専門用語もある。けれど辞書を引きながら、フィンレイは根気強く読み進めていった。

アンドレアの国葬は、予定通りに執り行われた。

その日は王太子の死を悲しむかのように朝からしとしとと雨が降り、寒い一日となった。王都中の教会の鐘が鳴り響く。参列者からは時折すすり泣きが聞こえた。アンドレアはわずか一年間の王太子だったが、国民に寄り添おうとする人柄が慕われていた。選民意識があからさまで素行があまりよくなかった第一王子が問題を起こしてくれて、いっそのことよかったのではないかとすら囁かれていたらしい。

フィンレイは、溢れるほどの白い花が飾られた棺《ひつぎ》の横で、しずかに立ち尽くしているアーネストを見た。

すらりと細身で、髪は金色だ。瞳の色はどうだったかなと、思い出そうとしたが近くで顔を見たことがないのでわからない。つい最近十七歳になったばかり。身長はフィンレイとおなじくらいだろうか。

アーネストの横には、侍女に支えられるようにして立っている黒衣の女性がいた。おそらくアーネストの母親、アンドレアの妻だろう。突然の不幸に、まだ動揺がおさまっていないようだ。それもそうだろう。

凜《りん》とした横顔を見せているアーネストだが、心中はいかばかりかとフィンレイは胸が塞ぐ思いがした。


翌日の夜のことだった。前日からの雨は止まず、ずっとしとしとと降り続き、フィンレイはすこしずつ鬱屈《うっくつ》が溜まっている自分に気付いていた。

王都に来てからフレデリックは人に会うことに忙しく、夜はひとり書斎にこもり、考えごとをしている。夫婦の時間がほとんど取れていなくて、フィンレイは孤独を感じていた。

今夜こそ談話室でお茶を飲みながらおしゃべりをしたかった。フィンレイに話せないことを無理やり聞き出すつもりはない。ギルバートをはじめ屋敷の使用人たちも会話をしてくれないので、ちょっとした雑談でいいから話をしたかったのだ。いつ領地に戻るつもりなのか、フレデリックの考えも聞きたい。

夕食のあと、思いきってフレデリックを誘った。

「談話室でお茶を飲みながら、すこし話をしませんか」

に。

「話？　どういった内容の話だ？」

「どう……って……」

こんな切り返しをされたのははじめてで、フィンレイは口籠もった。領地の城にいたときなら、フレデリックは喜んで応じてくれ、他愛もないおしゃべりに付き合ってくれたのに。

「なにか重要な相談事か？」

フレデリックは真顔だ。フィンレイの「とにかくおしゃべりしたい」という意図を察して意地悪をしている様子はない。本心からそう聞いているようだ。

「とくに急を要する話でないのなら、私は——」

「待ってください。あの、いつごろ領地に戻るつもりですか？」

すぐにでも背中を向けそうなフレデリックを慌てて引き留め、聞きたかったことのひとつを言葉にした。

「戻る時期はまだわからない。私はまだここでやらなければならないことがある」

「王位継承問題ですか」

そうだ、とフレデリックはため息をつきながら頷いた。

「どうして私がここまで……と思うが、わが領地にとっても重大な問題だ。知らぬ振りはできない」

「領地に関わることなら、私にとっても重大です。どこまで話が進んでいるのか、聞かせてもらえませんか?」

勇気を出してお願いした。

「私が役に立つかどうかは別として、あなたと問題を共有したいのです。もちろん他言はしません」

フレデリックは難しい表情になって黙った。この沈黙は、フィンレイの願いを聞き入れるかどうか迷っているのか、それともどう言葉を尽くして断ろうかと考えているのか、どちらだろう。

「旦那様」

そこに、ギルバートがダイニングルームにやって来た。「お客様です」と二人の時間を終わりにさせる。

「こんな時間に?　約束はあったか?」

顔をしかめたフレデリックに、ギルバートがそっとなにかを耳打ちする。フレデリックは驚いた顔になり、すぐにダイニングルームを出て玄関ホールへと急いだ。フィンレイは戸惑いながらも追いかけた。

王都に滞在して六日、そのあいだに何組も来客はあったが、こんな夜に事前の約束もなしでいきなり訪問してくる貴族はいなかった。しかしギルバートのらしからぬ慌てぶりに、断り切れない相手なのだとわかる。

玄関ホールを見下ろせる階段までたどり着き、その来客の正体がわかった。

外套《がいとう》を脱ぎ、使用人に渡していたのは金髪の青年。アーネストだった。その後ろには、近衛《このえ》騎士の制服を着た大柄な男がいる。専属の護衛騎士だろう。

「アーネスト殿下、どうなさったのですか」

フレデリックの声に、金髪の美青年がこちらを向いた。緑色の瞳がすがるようにフレデリックを見上げる。

「ディンズデール殿、無作法をしてすみません。どうしても早急にお会いして、お話ししたいことがあったものですから」

線が細いせいか、泣きそうな表情で訴えてくるアーネストは男装の麗人にも見えた。項垂れる首筋には可憐《かれん》な色香が漂い、駆け寄ったフレデリックの腕に触れた指先は白く、か弱げだ。ふわりと花の香りが漂った。どうやらアーネストから香っているようだ。

貴婦人のように香りをまとう男性がいることは知っていたが、軽く驚いてしまう。

「あなたの力をお借りしたいのです。お願いします」

「待ってください。まずは話を聞かなければ、なにも言えません」

距離が近い。アーネストは周囲に人がいるのに見えていないのか、フィンレイに挨拶もしない。フレデリックの胸に顔を伏せんばかりに接近している。それを拒むどころか抱きとめるようにしているフレデリックにもやもやした。

「では私の書斎に行きましょう。殿下、歩けますか」

「はい、大丈夫です。すみません、僕の近衛騎士をお願いします」

アーネストはギルバートにそう頼み、フレデリックに連れられて書斎へと移動していく。フレデリックがアーネストの腰に腕を回し、支えた。その親密な様子に、フィンレイは衝撃を受ける。フレデリックが懇意にしていたのはアンドレアのはずだ。何年も会っていなかったにしては、アーネストに甘くないか？

フィンレイが棒立ちのまま見送ったところで、おなじように廊下の奥へと消えていく二人を見つめていた近衛騎士の存在を思い出す。

「私は近衛騎士、テレンス・タイラーと申します」

簡易的な騎士の礼をしたタイラーは、笑ったことがないのかなと思ってしまうほどに厳つい印象の男だった。

年頃は二十代後半くらいだろうか。フレデリック並みに背が高く、騎士服を着ていても

はっきりわかるほど筋骨隆々としている。短く刈った茶髪に鳶《とび》色の瞳。腰に佩《は》いた剣は重そうで、きっとフィンレイなら鞘《さや》から抜くこともできないにちがいない。

「ではタイラー殿、こちらへ」

ギルバートがタイラーを応接室へと案内した。なんとなくフィンレイもあとについていく。ちらりとギルバートが咎《とが》めるような目を向けてきたが、気付かないふりをした。いいかげん、疎外されることに飽きていたのだ。

応接室に入り、フィンレイは自己紹介した。タイラーは目を丸くしてフィンレイをまじまじと見てくる。背筋を正し、あらためて最上級の騎士の礼をしてくれた。

「第十二王子フィンレイ殿下とは存じ上げず、申し訳ありませんでした」

「私は王城で暮らしていなかったので、近衛騎士の方々とは面識がありませんでした。顔を知らなくて当然です。いまはディンズデール地方領主の伴侶です」

王の子は通常、子供時代を母親といっしょに後宮で過ごす。フィンレイが異例だった。

そして十七歳で成人すると、王女は結婚相手を決められて後宮を出る。王子の場合は王都近くの離宮のどこかに移り住むか、役職を与えられれば便利のいい場所に屋敷を構えるかして後宮を出る。

どちらにしろ王の子であるかぎり、近衛騎士が護衛につく。けれどフィンレイは一度も護衛の対象になっておらず、近衛騎士の顔をまったく知らなかった。

「不勉強ですみません。タイラー家というのは、代々近衛騎士を輩出している家なんですか？」

近衛騎士は王族の近くで仕事をすることから、身元のはっきりした良家の男子が就くことが多い。タイラーの家もそうなのかなと聞いてみたら、「そうです」と肯定された。

「タイラー家に生まれた男は、代々近衛騎士の任に就くことを望まれます。自分は十七歳で騎士になりました。それ以来、十年間ずっとアーネスト殿下の専属護衛騎士です」

「十年間も……」

へぇ、と感心しながら、ニコリともしないタイラーの厳つい顔を眺める。

「十年前というと、アーネストは七歳くらい？」

「はい、七歳だったと思います。幼いながら聡明で、侍従や近衛騎士にも気配りしてくださる、大変お優しいお子様でした。自分はこの方に誠心誠意仕え、傷ひとつつけずに守り抜いていくと誓いました」

揺るぎない口調で言い切ったタイラーは、アーネストに心酔しているようだ。

たしかにアーネストは綺麗で優しそうだった。学業は優秀だと聞くし、素直な性格ならば、これから帝王学を修めていけば次期国王としてふさわしいと国民の理解が得られるかもしれない。

しかしさきほどの様子は、かなりおかしかった。王太子になりたいのでフレデリックの支援がほしいとか、そういう相談のために来たわけではなさそうだ。葬儀の場で、あれほど毅然《きぜん》とした態度でいられたアーネストなのに、昨日の今日でいったいなにがあったのだろう。

ギルバートがお茶を運んできてくれたが、タイラーは固辞した。近衛騎士は任務中に飲食をしないのかもしれない。

「アンドレア王太子の不幸な事故は、本当に突然のことで驚きました。近衛騎士の方たちも大変だったのではないですか？」

「自分は落馬の瞬間を目撃しておりました。王太子殿下はご多忙で、貴重な家族水入らずのお時間でした。お邪魔してはいけないと、われわれ護衛はすこし距離をとって囲むようにお守りしておりました。まさか王太子殿下の馬が前日の雨のためにぬかるんでいた場所で足をとられ、転倒するとは思わず……。王太子殿下は投げ出されるかたちで落馬なさり、運悪く岩に頭部を――」

タイラーは両手をぐっと握りしめる。王太子妃殿下とアーネストもその場に居合わせたわけだから、どれほど心に衝撃を受けただろう。気の毒だ。

「近衛騎士団のこと、私はよくわからないのですが、アーネストの立場が変わってもタイラー殿はこのまま専属護衛騎士であり続けられるのですか？」

暗にアーネストが王太子になったらどうなるのか、と聞いた。タイラーは目を伏せ、「わかりません」と答える。

「自分としては年老いて退団するまでアーネスト殿下に仕えたいのですが」

「……いろいろと心配ですね……今後のこと」

「いまも心配です」

ぽつりとこぼされた呟きに、フィンレイは「ん？」と首を傾げた。タイラーは廊下へ続く扉を凝視している。

「ディンズデール殿の書斎は、ここから遠いのですか」

「書斎は二階ですけど」

いまいる応接室は一階だ。遠いと言われれば、遠いかもしれない。

「できればアーネスト殿下のお側に行きたいのですが」

タイラーの申し出は、護衛騎士として当然だと思った。書斎の前の廊下で待機するくらいは、フィンレイの権限で判断しても許されるだろう。

「案内します」

フィンレイはタイラーを促して応接室を出た。タイラーは見た目に反して動きが軽やかで、ほとんど足音を立てない。騎士としての腕はそうとうのものなのだろう、とフィンレイは感心した。

書斎の前まで連れてくると、その見事な彫刻が施された黒光りする扉を、タイラーは睨みつけるようにする。よほどアーネストが心配なのだろう。

「書斎の中は、いまディンズデール殿とアーネスト殿下の二人きりなのでしょうか」

「そうだと思います」

「……話が長くはないですか」

「そうですか？」

「フィンレイ殿下はお気にならないのですか」

なにが？　と小首を傾げたら、タイラーはもうなにも言わなくなった。

フィンレイはなんとなく立ち去る機会を逃し、タイラーとともに扉の横に立った。そしてタイラーの言葉の意味を考える。

フレデリックとアーネストが二人きりで書斎にこもっている、という状況が気にならないのか、と言われた。いままでたくさんの貴族がこの屋敷に来て、みんなフレデリックと書斎にこもって内密の話をしていた。中でなにをしているのか——とは、疑問に思ったことはない。話をしているに決まっている。しかも内容はひとつだ。次の王太子はだれを推すか。それ以外にない。

ふと、アーネストがまとっていた甘い香りが鼻腔によみがえる。同時に、アーネストの腰を抱くようにして支えていたフレデリックの後ろ姿が思い出された。あのとき胸に湧いたもやもやとしたもの――。

あれは嫉妬なのだろうか、と気付いた。

となりに立つタイラーを見る。もしタイラーがフィンレイとおなじように二人の距離が近すぎると感じたのならば、さっきの「気にならないのですか」の意味が絞られてくる。

（まさか……）

この書斎の中で、話し合い以外のなにかが行われているのでは、とタイラーが想像しているとしたら、とんでもない侮辱だ。フレデリックを馬鹿にしている。いくらアーネストがきれいな青年で、甘い香りをまとって身を寄せてきたとしても、劣情を抱くことはあり得ない。

もしアーネストの方が誘惑してきても、フレデリックは領主という責任のある立場のうえ妻帯者だ。断固とした態度で拒絶するはず。軽はずみなことはしないだろう。

タイラーに対して静かな怒りを覚えたフィンレイだが、そういえば、アンドレアの訃報が領地に届いた日からいままで、夫婦の営みがまったくないことに気付いた。

（え……何日くらいない？）

こっそりと指折り数えてみると、十日以上、正確には十二日間も性交していなかった。

（うそ……。こんなに間が空いたの、はじめてじゃない？）

フィンレイは呆然とした。一年前、はじめてフレデリックに抱かれた夜から、毎日か一日おきには抱き合っていた。ときには羽目を外して一晩中、絡み合ってしまい、翌日フィンレイは腰が立たなかったこともあった。

領地の城では、領主夫妻の寝室は扉ひとつで繋がっていたので、行き来は簡単だった。しかしこの屋敷は、そういう造りにはなっておらず、到着した日からそれぞれの寝室で休んでいた。フレデリックは考えごとをする夜が多く、書斎にこもったままカウチに横になって朝を迎える日もあるらしい。

もちろん王族に不幸があったわけだから、喪《も》に服す意味でそういう行為を控えていたのかもしれない。それでもくちづけすらないのは、どうしたことだろう。

フィンレイはにわかに不安になってきた。

◇

「ディンズデール殿、お願いがあります。僕を王太子に推さないでください」

　書斎で二人きりになったとたん、アーネストはそう訴えてきた。勧めようとした椅子に手をかけたまま、フレデリックはしばし動きを止める。

　突然のことではあったが、アーネストの本心を知りたいと思っていた矢先に訪ねてこられて手間が省けたと思っていた。しかしこの展開はいただけない。

「殿下、まずは落ちついてください」

　肩を押して、なかば強引に座らせた。アーネストは脱力するように腰掛け、両手で頭を抱えて背中を丸める。扉が控えめに叩かれ、ギルバートがお茶を運んできた。

「すっかり体が冷えているようです。熱いお茶を飲んでください」

　ティーカップを持たせ、柔らかな羊毛のブランケットを肩にかけた。アーネストは震える唇でお茶を飲み、ひとつ息をつく。フレデリックも椅子に座り、黙ってアーネストの様子を観察した。

　フレデリックと親交がある貴族たちは、次期王太子におおむねアーネストを推している。ディミトリアス側につけば私腹を肥やせるかもしれないが、常識がある貴族はそんな世の中を望んではいない。フォルド王国が健全に存続してこそ、家名も保たれるのだ。だからあとは本人と国王の考えを確かめるだけだ、というのが共通した意見だった。

そうした貴族たちの動きを敏感に察知し、アーネストは今夜ここまで来たのだろうか。

突然の父親の死により王位継承権の頂点に立つことになってしまった動揺から、さきほどの「王太子に推さないで」という懇願になったという単純な話ではなさそうだ。

きっとなにか理由があるのだろう。

（それを聞き出さなければ、対策が立てられない）

フレデリックはアーネストの気持ちが凪ぐときを待った。

お茶をあらかた飲み干したアーネストが、顔を上げる。顔色がいくぶんよくなっていた。

フレデリックは努めて優しい笑顔を浮かべた。

「落ち着きましたか」

「はい……。取り乱してしまい、申し訳ありませんでした」

「いいえ、いいのです。父君が突然の事故で還らぬ人となり、いろいろな問題が降りかかってきたことでしょう」

はい、とアーネストは頷き、逡巡するような間を置いたあと、話しはじめた。

「ディンズデール殿には、近いうちにお会いしたいと思っていました。領地に戻る前に、父上の葬儀に参列してくれたお礼を伝えたいと思っていましたし、これからのことも相談したくて」

「それがなぜ今夜突然に？」

「今日の午後、お祖父様――国王陛下から母に、僕の縁談について提案があるという内容の話があったそうです」

「……なるほど」

つまり国王は、アーネストを王太子候補の筆頭に据えるつもりなのだ。まだ学生だが成人しているし、いますぐ結婚させなくとも、とりあえず婚約させて新王太子の儀式を済ませる。次期国王が独身では、格好がつかないとでも考えたのかもしれない。

やはり国王もディミトリアスはふさわしくないと思ったのか。これは素晴らしい情報だ。

「なにもすぐ結婚するわけではないでしょう。まだ提案の段階ならば、陛下はアーネスト殿下の意見も聞くつもりだと思います。おそらく婚約者候補は何人かいて――」

「僕は結婚などする気はありません」

強い口調で遮ってきた。アーネストはぐっと唇を噛み、空になったティーカップを睨んでいる。

「陛下が僕を次の王太子にと望んでいる気配は感じます。父上が亡くなったいま、僕が候補に挙がるのは仕方がないでしょう。けれど、それと結婚はちがいます。僕の中では結びついていない。王太子になるには結婚しなければならないという決まりはないはずです」

「……ないですね」

「どうしても結婚しなければ王太子になれないというなら、僕は最初から辞退したい。だれも僕の後ろ盾にはならないでほしい。僕の支援者のまとめ役が、ディンズデール殿だと聞きました。どうか、僕を推さないでください。今夜はそのお願いに来たのです」

アーネストは本気だ。まっすぐフレデリックを見つめて、確固たる意志を感じさせる声音で話している。

「待ってください。殿下はつまり、結婚したくないということですか」

「さっきそう言いました」

「いまはしたくない、ではなく、ずっとする気がないということですか」

「そうです。僕は一生、結婚しません」

妙にきっぱりと言い切ったアーネストは、毅然と顔を上げた。

「成人したばかりの若造がなにをふざけたことを言っているのかと思うかもしれませんが、僕は本気です。結婚はしません」

「陛下が決めた縁談がお嫌なのですか？　しかし王族や貴族の結婚は家同士の繋がりが重要視されるのが通例ですし、会ってみれば意外と相性がよく、結婚生活がうまくいくこともあるのですよ」

「ご自分の結婚が成功したからといって、僕に結婚のよさを説《と》いても意味はないです」

まさにフィンレイとの結婚生活を思い描いて話したので、フレデリックは黙るしかなかった。そしてひとつの可能性に思い至った。

「もしかして、殿下はもう意中の相手がいるのですか」

ハッとしたようにアーネストが目を見開き、すぐに視線を逸らした。図星だったようだ。

「どこのご令嬢ですか」

「…………」

アーネストは答えない。多少の身分違いならば、どこかの貴族の養女になり、のちに結婚に至る手段がある。愛妾として後宮に置くこともできる。しかし、それすらもできないほどの相手ならば厄介だ。

「身分に差があっても、なんとかできる方法はあります」

「……あの人とは、絶対に結婚できません……」

語尾が震えている。アーネストは真っ赤になった目でフレデリックを見つめてきた。いまにもこぼれそうなほど涙で潤んでいる。

「あの人以外と愛を誓うことなどできません。たとえそれが形だけの結婚でも、おおきな裏切りです」

ぽろりと大粒の涙が白い頬を伝って落ちた。十七歳の純情を、フレデリックは馬鹿にはできない。

フィンレイが嫁いできたとき、十八歳になったばかりだった。とても若かったが、彼は懸命にフレデリックに近づこうとし、子供たちと仲良くなろうとした。その真摯《しんし》な愛情に、フレデリックは心を打たれた。

愛情の深さに年齢は関係ない。アーネストが想う人以外とは結婚できないと主張するのなら、それを汲《く》んであげなければならない。

「殿下、わかりました」

上着の隠しから手巾を出し、アーネストの手に握らせる。涙を拭きながら、「わかってくれたのですか」と震える声で尋ねてきた。

「わかりました。陛下に談判して、殿下の結婚話は、いったん取り下げてもらいましょう」

「えっ……」

「あなたには王太子になっていただかなくてはなりません。アーネスト殿下にしかいないのです。ディミトリアス殿下に国を任せられない。アーネスト殿下しかいないのです」

「でも、僕はいまだけでなく一生――」

「それは陛下をどこまで説得できるか、ですね。結婚しなくていいのなら、王太子になるつもりはあるのですよね？」

「……まだ覚悟はできていません。ですが、この国をよりよくしていきたいと考え、あらゆる分野の専門家から学んでいた父を尊敬していました。父の遺志を継ぎたいという思いはあります」

頼もしい言葉が聞けて、フレデリックは微笑んだ。

「でしたら、まずあなたには独身のまま王太子になってもらいます。当分のあいだは結婚しなくていいという陛下の言質《げんち》を取りましょう。その後は、のらりくらりとかわしながら時間稼ぎをすればいい。そのあいだに殿下は味方を増やすのです」

「味方？」

「次期国王が独身でもかまわないと意見をおなじくしてくれる支援者です。だれかれかまわず細かい事情を打ち明ける必要はありません。支援してほしい者に向かって、自分がいかに国民のことを思っているか、どのようにして国政について学んでいくか、折に触れてみずからの言葉で語るのです」

「……難しそうです。僕にできるでしょうか」

「できるのか、ではなく、やるのです。ご自分の愛のために」

「愛のために……」

「頑張りましょう」

励まして力強く微笑めば、アーネストはやっと表情を緩めた。ホッとして緊張の糸が切れたのか、椅子の上で体をぐらつかせる。とっさに手を出して支えた。

玄関ホールから書斎まで支えて歩いたときも思ったが、ずいぶんと痩《や》せている。もともと華奢《きゃしゃ》な体格だったが、父親が亡くなってから約二週間、心労のあまり食事が喉を通らなかったのかもしれない。

「まだ雨は止んでいないでしょう。もうすこし休んでいかれますか。なにか軽食をお持ちしましょう」

「いえ、帰ります。きっとタイラーが心配している……」

「タイラーとは？」

「今夜、僕に付き添ってきてくれた護衛の近衛騎士です」

ああ、あの筋肉の塊のような騎士か、とフレデリックは玄関ホールでちらりと見た男を思い出す。たった一人の護衛をつけただけでアーネストはここまでやって来た。危険ではあるが、それほど今夜の行動を秘匿《ひとく》したかったようだ。よほどあの騎士を信頼しているのだろう。

「タイラーはもう十年も僕の護衛を務めてくれています。剣の腕は近衛騎士の中でも突出しています」

アーネストは今日はじめて緑の瞳を明るく輝かせた。

「それは心強いですね」

「はい。彼がいれば安心なのです」

目を伏せてはにかんだように微笑むアーネストに、フレデリックは「おや？」と引っかかりを覚える。

「ディンズデール殿、今夜はありがとうございました。有意義な助言をもらえて、心のつかえが軽くなったような気がします」

「私は当分王都に留まることにします。連携をとりながら根回しをしていきましょう。まずは私が懇意にしている貴族の中から口が堅い、信用できる者を厳選し、殿下の後ろ盾になってもらうところからです。そして頃合いをみて、陛下と内密に会談する機会をつくりましょう」

はい、とアーネストはしっかりと頷き、立ち上がる。ふらつきそうになる上体を支えた。

「殿下、なによりも体が大切です。余計なお世話かもしれませんが、食事はきちんと取って、体力をつけてください。アンドレア王太子殿下に続き、肝心のあなたが倒れてしまったら、陛下だけでなく国民も悲しみます」

「そうですね。気をつけます」

歩行の補助をしながら書斎を横切り、扉を開ける。

「殿下」

思いがけず扉の前に近衛騎士が立っていて、ギョッとした。その横にフィンレイもいる。

廊下の端に所在なげにしているギルバートが見えて、フレデリックと目が合うと頭を下げた。近衛騎士は応接室でおとなしく待つことができず、フィンレイがここまで案内してきたというところだろう。

「殿下、お体の具合でも悪いのですか」

タイラーという近衛騎士は、やや強引にフレデリックの手からアーネストを引き離し、抱きこむようにして腰に腕を回した。そして鋭い目でフレデリックを睨んでくる。失礼な態度だ。

タイラー家といえば、フレデリックでも聞いたことがある、代々近衛騎士を輩出している有名な貴族だ。しかし格式から言えばディンズデール家よりも下になる。ここでフレデリックが怒って近衛騎士団に苦情を訴えれば、タイラーは確実に処分されるはず。

もちろん、そんなことはしない。タイラーに抱きかかえられるようにされたアーネストは、心から安心したような表情をしている。微塵《みじん》も嫌がっていない。むしろ歓迎していた。

（……なるほど。絶対に結婚できない相手か……）

アーネストの想い人が早々に判明した。

たしかに王太子には同性婚は許されないだろう。王家存続のために、女性とのあいだに子供をもうけることを望まれるからだ。フィンレイの場合とは事情が異なる。

（発覚すれば別れさせられるだけだ。殿下の心の安定のためにも、このままの状態が望ましいな）

フレデリックは顔に出ないよう気を遣いながら、二人を玄関へと促した。

外には飾り気のない地味な馬車が横付けされたままだった。アーネストが乗り、タイラーが御者役を務めてきたようだ。まだ冷たい雨は降り続いており、いっそう気温が下がっていた。ギルバートが気を利かせて膝掛けを差し出すと、アーネストは受け取った。

「では、殿下、またご連絡いたします」

「ありがとうございます、本当に」

雨よけのコートを着た御者台のタイラーが、馬に合図を送る。静かに去って行く馬車を見送り、ひとつ息をついた。書斎に戻って仲間に引き入れることができそうな人物を選ばなければ、と階段に足をかける。

「フレデリック、あの……」

フィンレイに声をかけられて振り返る。玄関ホールのいたるところに置かれたランプの炎の加減なのか、黒い瞳がゆらゆらと揺れているように見えた。

「なんだ？」

「どのような話だったのですか？　私が知ってもいい範囲だけでも、教えてもらえませんか？」

当然の要望だろう。しかしフレデリックは、どこまでどうフィンレイに話していいかわからなかった。とりあえずいまは、頭の中のことを整理したい。時間が必要だった。

「そのうち話す。いまは無理だ」

それだけ告げて、階段を上がる。後ろから軽い足音がついてきた。寝室も二階にあるのでとくに違和感を覚えなかった。

（アーネスト殿下を王太子に推したいと意志表明している貴族の中でも、ミルフォード公ならすべて理解してくれそうだ。あの方は柔軟な思考をしているから、未婚の国王がいても平和ならいいと笑ってくれるだろう。あとは――）

書斎へ行くために廊下を曲がると、「まだ寝ないのですか」と背後から尋ねられた。

思考の邪魔をされ、フレデリックは顔をしかめながら振り向く。不機嫌を隠しもしなかったせいか、フィンレイが身を竦ませた。そこでハッとする。愛する伴侶を怯えさせてどうする。

「ああ、私はもうすこし起きている。考えごとをしたい。明日からさっそく動き出さないといけない」

「そうですか……」

「私のことは気にせず、先に休みなさい」

「でも、あの」

「どうした？　こちらに来てからは、昨日までそれぞれ自分のペースで生活してきただろう。いまさらなんだ？」

きつい言い方になってしまっただろうか。フィンレイが狼狽えたように視線を泳がせる。

それでも思い切ったように口を開いた。

「お、おやすみのくちづけをしてもらえませんか」

は？　と呆れた声が出てしまいそうになった。こちらは国の将来に関わる重要な事案で頭を悩ませているというのに、「おやすみのくちづけ」だと？

イラッとしたが、そういえばもうずいぶんとフィンレイに触れていないことに思い至った。性交どころかくちづけすらしていない。だからフィンレイがわざわざ言葉にして求めてきたのか、と気付いた。

フレデリックは仕方がない、と思いながらフィンレイを抱き寄せた。ちいさな唇におのれのそれを重ね、これでいいかと伴侶の顔色を窺う。満足した表情ではなかった。けれどいまはフレデリックに余裕はない。

「おやすみ」

宥める意味で背中を軽く叩き、フレデリックは書斎へと向かった。自分の後ろ姿を、フィンレイが寂しそうな目で見つめていたことなど、まったく気付かなかった。


「なんと、そんな相談がアーネスト殿下からあったのか？」

メルヴィンが、驚いた様子で鳶色の瞳を見開く。

「殿下の想い人が近衛騎士だということは、内密に頼む」

「もちろんだ」

フレデリックに深く頷いてみせたメルヴィンは、「そういう事情ならば、多方面から根回しが必要になるな」と考えこむ。

メルヴィンはこの国の有力貴族のひとりであるミルフォード公爵の嫡男だ。フレデリックと同じ年で、学生時代は亡くなった王太子アンドレアも加えて、制約のない楽しい時間を過ごした仲だった。

腕のいい理髪師を抱えているのか、メルヴィンの明るい茶髪はいつも短くきれいに切られている。高位貴族にありがちな高慢さすら好感に変えてしまえる柔和《にゅうわ》な顔立ちは、昔から変わっていない。いや、体重は増えたようだ。太ったのは結婚してからなので、幸せ太りだろう。

メルヴィンの屋敷は夫人の明るく穏やかな性格が表われた居心地のよさで、気の合う仲間たちがよく集まる場所になっていた。王太子アンドレアの事故死のあとは、今後の王国の行く末を憂《うれ》い、頻繁《ひんぱん》に集まっている。

今夜は友人たちは来ないが、アーネストを招いていた。フレデリックがもっとも信頼する友人として、メルヴィンを紹介するためだ。アーネストが住む離宮にフレデリックやメルヴィンのような貴族が出入りすると目立つため、お忍びで足を運んでもらうことにしたのだった。

「まずはミルフォード公爵の考えを知りたいのだが、なにか聞いているか？」

最近は茶葉のブレンドに凝っているという夫人が手ずから淹れてくれたお茶を飲みながら、フレデリックが尋ねる。

「具体的な話は聞いていない。だが、たぶん父上は陛下のお気持ちに添うつもりだろう。俺たちとおなじように学友だったのだから」

「そうだったな」

ミルフォード公爵は国王ジェラルドの親しい学友のひとりだったらしい。

「喪中でありながら、陛下がアーネスト殿下に縁談を勧めたというのは、つまり王太子候補はアーネスト殿下ということだろう？」

「やはりそう思うか」

「思う。すなわち、父上はアーネスト殿下を推す」

メルヴィンがはっきりと言葉にした。

「公爵がこちら側についてくれるのなら心強い。支援者を増やすためには中心となってくれる柱が必要だ」

「中心はおまえだろう。陛下の寝室にまで入ったくせに」

「私では弱い。若輩者《じゃくはいもの》だからな」

「一番のお気に入りのくせに。へたな謙遜はするな」

そういう言い方をされるとフレデリックが嫌がるとわかっていて、メルヴィンはおもしろがっている。イラッとしたので言い返そうとしたところで、アーネストが到着したと知らせが入った。

応接室に場所を移して待っていると、アーネストがタイラーを従えてやって来た。あいかわらず厳つい顔つきのタイラーは、ぴたりとアーネストの背後にくっついている。

「遅くなってしまって、すみません」

「いえ、約束の時間通りです。どうぞ、こちらへ。私の友人を紹介します」

「はじめまして、アーネスト殿下。メルヴィン・ミルフォードと申します」

「アーネスト・フォルドです。ミルフォード公爵にはよくしてもらっています」

にこやかに挨拶を交し、メルヴィンが臣下の礼を取る。アーネストに椅子を勧め、タイラーには室内での護衛を許した。壁際に立ち、一途な目でじっとアーネストの背中を見つめるタイラーは、おそらくかなり情熱的な男だ。けれど二人はまだ一線を越えていないと予想がつく。そこまでの親密な空気は感じないのだ。

もしかしたらおたがいの気持ちを確認し合ってもいないかもしれない。アーネストは、ほころびかけた花のつぼみだ。まだだれにも触れることを許していないだろう。

アーネストは箱入りの王族で、国王にもっとも気に入られている孫だ。清楚《せいそ》な外見が近寄りがたさを演出してもいる。いままであえて手を出して国王の不興を買おうとする輩《やから》はいなかっただろうし、なによりタイラーという鉄壁の守りがいるのだ。無垢《むく》なまま十七歳を迎えたにちがいない。

　対してタイラーも、十年前からたぶんアーネスト一筋。素人童貞《しろうと》だと聞いても驚かないくらいに色事とは無縁に見える。どちらかが勇気を出して押さないと、関係は進展しないと予想した。

（まあ、そんなことは二人の問題なので、私は関知しない）

　余計な口出しをしたくない、というのが本音だ。

「メルヴィン殿は、父と懇意だったと聞いています」

「そうですね、なぜか気が合い、フレデリックと私とアンドレア殿下と、学院時代はよく悪事を働いたものです」

「悪事ですか？　いったいどんな？」

「学生寮の厨房から肉の塊を盗み、裏庭で勝手に焼いて食べたり」

「それはすごい悪事ですね」

　アーネストがびっくりしたあと、クスクスと笑い出す。メルヴィンが昔話を披露《ひろう》して、緊張気味の殿下の心を解してあげているようだ。

「父がそんな悪戯《いたずら》をしていたなんて初耳です」

「男はだれしも息子には格好をつけたいものなのですよ。かく言う私もそうです。甥たちの前では、なにがあっても澄ました顔をしてしまいますから」

　フレデリックが三人の甥を引き取って育てていることはアーネストも知っている。

「たとえば？」

「夕食のスープが熱すぎて舌をやけどしたときは、平気なふりをして食事を続けました。ほとんど拷問でしたが」

　アーネストは声をたてて笑った。

　しばらく雑談に興じたあとで、フレデリックは本題を切り出した。

「殿下、お母上とお話はされましたか？」

「はい。僕の思う道に進みなさい、と言ってくれました」

　決意を秘めた目でアーネストが見つめてくる。アンドレアの妻は中流貴族の出身だ。実家はアーネストの後ろ盾になれるほど力が強くない。しかし応援してくれるのならば、アーネストの心の支えになり得るだろう。

「陛下はずいぶんと体調が回復されてきたそうですね」

「そう聞いています。できるなら数日中に面会を申し込みたいと思っています。僕の率直な気持ちを聞いてもらいたいので……。結婚話は母の方からやんわりと、乗り気ではないと伝えてもらったのですが、自分の口で説明しなければと考えています」

「すべてを打ち明けるのですか？」

アーネストは背後を気にするそぶりをしたが、タイラーを振り返るのは留まった。

「いえ、すべてはまだ……」

「賢明です。まだその時期ではありません。いまは、喪に服したいという理由でじゅうぶんでしょう。王太子になったあとは、自分で相手を選びたいと主張しましょう」

「のらりくらりとかわしているうちに、陛下はお年を召されますよ」

さらりと不敬なことを言ったメルヴィンを、アーネストが唖然とした顔で見る。フレデリックが「言葉を選べ」と咎めると、「申し訳ありません」とまったく反省していない表情で形だけの謝罪をした。

アーネストはふっと苦笑する。

「……そうですね、そうしているうちに、僕の味方を増やせばいいのですね」

「その通りです」

数日前のフレデリックの言葉を、アーネストがくりかえす。そしてメルヴィンを見つめた。

「メルヴィン殿、あなたは僕の味方になってくれるのですか？」

「もちろんです。殿下は次期国王にふさわしいと思います。国のため、民のために尽くす国王が、かならず妻帯していなければならない決まりなど、どこにもありません」

「ありがとう」

アーネストが安堵したように美しく微笑む。ほのかに頬が紅潮していた。ふわりと甘い香りが漂ってくる。アーネストが身にまとう、いつもの香りだった。

明日も朝から学院の講義があるというアーネストは、あまり遅くならないうちに帰ることとなった。これから王太子になれば帝王学の講義も受けなければならなくなる。なかなか大変だが、アーネストからはヤル気を感じた。

今夜もタイラーが御者となって馬車を動かしてきたようだ。馬車を屋敷の玄関前に回してくるためタイラーが外へ出て行ったので、フレデリックがアーネストを護衛するように玄関ホールで待機した。

メルヴィンはなにか用事を思い出したのか、「すぐ戻る」と言い置いて書斎へ行った。

屋敷の使用人は近くにいたが、思いがけずアーネストと二人になる。

「フレデリック殿、すこしいいですか」

そっと距離を縮めてきて、アーネストが小声で話しかけてきた。

「なんでしょう」

「その……僕は成人したはいいものの、まだわからないことが多く、知識不足を痛感しているところです」

「はい」

「……どのようにすれば、あの、想いを通じ合わせることができるのか、どうしたら最善なのか、迷うことばかりで」

「ああ、はい」

これは面倒なことになりそうだぞ、とフレデリックはため息をつきそうになった。もちろん憂うつな気分を顔には出さない。

「殿下、そうお急ぎになる必要はないのでは？　さきほど殿下ご自身が口にされたように、まだ成人したばかりのお年です。ゆっくりと関係を深めていくのが最善です」

「でも、それではだれかに取られてしまうかもしれないではありませんか」

アーネストは冗談ではなく本気で言っているようだ。あの男はモテませんから取られません、とここで反論したくなったが、フレデリックは飲みこんだ。

「あなたには僕の想い人の話を具体的にしていないのでわからないでしょうが」

いいえ、わかります。わかっています。

「あの人はとても立派な大人なのです。しっかりとした自己を持ち、身分も相応で、頼りがいがあります。あの年まで未婚だったのは奇跡としか言いようがありません。いつ結婚してもおかしくないのです。僕はできるだけはやく想いを告げて、しっかりと捕まえておきたいのです」

アーネストも情熱的な男だったわけだ。しかも恋に溺れて真実が見えていない。

（タイラーは絶対に結婚しないですよ。いままで未婚だったのはあなたに懸想《けそう》しているからです。捕まえておく必要などありません。勝手にそばに居続けます）

そうはっきり言えたらいいが、想い人がタイラーだと気付いていることに言及しなければならなくなる。帰り際に面倒だ。フレデリックもこのあと自分の屋敷に帰る予定なので、ここで余計な時間を使いたくない。

「それに、それに、もし関係が進展した場合、僕は……どのように、その、あれをどうすれば、あんなこととかそんなこととか、とうてい無理ではないかと……」

あれとかそれとか、わけがわからなくなってくる。困ったなと黙っていたら、メルヴィンが戻ってきた。手に一冊の本を持っている。

「殿下、これをお持ちください」

詩集だった。見覚えのある題名に、フレデリックはハッとする。

「アンドレア殿下がお好きだった詩人の本です」

「父が詩集を？　知りませんでした……父の書庫には、詩集などなくて」

学院を卒業し、第二王子としての公務に勤《いそ》しむようになって、アンドレアは詩集を手放した。彼の書庫は、実用的な国政のためになる本ばかりになったのだ。アンドレアは第一王子の王太子ウィルフを支え、国に尽くす覚悟を決めていた。

アーネストは詩集を受け取り、ぱらりとめくる。口元に静かな微笑みが浮かんだ。

「メルヴィン殿、ありがとう。学生時代の父の一面をこうして知ることができ、とても嬉しいです」

詩集を胸にぎゅっと抱きしめ、アーネストはタイラーが待つ馬車に乗りこんでいった。

二人で並んで馬車を見送り、メルヴィンがひとつ息をつく。

「可愛らしい方だ。純粋すぎて、やや危ういが、我々が支えていけばいいか。それに、あの近衛騎士――」

ニヤリと笑い、フレデリックの肩を叩いてくる。

「若さっていいな。初々《ういうい》しくて、からかいたくなってくる」

「やめろ。腕が立つ騎士だ。怒らせたら殺されるぞ。それにタイラーはそんなに若くない。私たちより五つほど年下なだけだ」

「年齢のことを言っているんじゃない。甘酸っぱい初恋の雰囲気を初々しいって表現したんだ」

「そうか」

やれやれ、とフレデリックは踵《きびす》を返す。屋敷に戻らなければ。フィンレイは寝ずに待っているだろうか。会いたい――とは思うが、ここのところ顔を合わせれば文句を言われて、いささか閉口気味だ。できれば帰宅時にはすでに就寝していてもらいたい。

「フレデリック、帰るのか」

「当然だ」

「明日も来いよ。昼過ぎから何人か来ることになっている」

メルヴィンが挙げた名前は、長年の付き合いがある親しい貴族ばかりだった。アーネストの支援者を募るならば、フレデリックが顔を出した方がいいのは本当だ。連日の外出でいささか疲労が溜まっている。一日くらい休みたい。

「わかった。昼過ぎだな」

しかし王国のため、ひいては領地のためには、いまは踏ん張りどころだ。メルヴィンと約束をして、フレデリックは帰り支度をはじめた。

◇

朝、フィンレイはダイニングテーブルでひとり夫を待っていた。

いつもの朝食の時間はとうに過ぎている。十人は座れる長方形のテーブルには二人分の食事の用意がされていたが、フレデリックはまだ姿を現していなかった。

「フィンレイ様」

ギルバートがやって来て、「旦那様はまだお起きにならないようです」と告げてきた。

「そうですか。では私は先にいただきます」

フィンレイが頷いて給仕を促したので、ギルバートは辞していった。ふたたびフレデリックの寝室へ行ったのだろう。

昨夜、夫の帰りは遅かった。日付が変わる前に帰っては来たが、出迎えたとき強い酒の匂いがした。深酒をしたのなら、朝食を取る気になれないのは仕方がない。

ちいさくため息をつき、フィンレイはあたたかなスープを口に運んだ。

アーネストが夜更けに突然訪ねて来てから一週間。フレデリックは国葬以前よりも多忙そうで、頻繁に外出したり客を招いたりしている。二人でゆっくり食事を取ることも少なくなった。

いったいいつ領地に戻るつもりなのかとふたたび聞いてみたが、「わからない。まだ当分は王都にいると思う」との返事。子供たちが待っているだろうし、王都にいてもフィンレイはすることがないので、いっそのことひとりで領地に帰ろうかと考えたこともあった。

しかし、ときどき甘い移り香をまとって帰宅するフレデリックが気になって、置いていく勇気が出ない。昨夜も、酒の匂いにまじって、かすかにアーネストの香りが漂った。

あのアーネストと会っているのだ。今後について話し合っているだけだとわかっていても、冷静ではいられない。せめて自分も話に加えてくれていたら。そうしたら、どれだけアーネストと会っていても、平常心でいられると思う。

朝食を終えたあと、フィンレイは庭に出た。余計なことは考えないよう、気を紛らわせるために壮年の庭師を捕まえて温室へ連れて行ってもらった。ギルバートとおなじように無口でそっけない態度ではあったが、庭師は嫌がらなかった。

屋敷内に飾るための花を、庭師はちいさな温室で育てている。温室の維持には金がかかるため、貴族の中でも裕福な家にしか許されない贅沢だ。

「わあ、きれいですね」

もうそろそろ本格的な冬がくるという季節なのに、温室には可愛らしい小輪のバラが咲いていた。庭師が切った花を、棘《とげ》が貫通しないという専用の布をひろげて受け取り、匂いを楽しむ。

美しいものを見たおかげで、心が癒されていくのを感じる。フレデリックもきっと、このバラの姿と香りで疲れが取れるだろう。

「フレデリックの部屋には、どれを飾る予定ですか？　私が持って行ってもいいですか？」

それは使用人の仕事だ、とは言われず、庭師は手早く数本のバラの棘を取り除いてくれ、花瓶に挿せる長さに調節してくれた。

「ありがとう」

バラを持って、フレデリックの寝室へと小走りで向かった。

扉を叩き、「フィンレイです」と声をかけながら入室する。フレデリックはちょうど寝台から起き上がるところで、そばにはギルバートがいた。朝なのに、フレデリックは疲れた顔をしている。やはり深酒のせいで二日酔いのようだ。

「おはようございます、フレデリック」

彼はちらりとフィンレイを見て、「ああ、おはよう」といくぶん掠れた声で応じた。

「温室からバラを持ってきました。ほら、きれいでしょう。この部屋に飾ります」

窓際の花台に置かれた花瓶には、数日前から生けられた花がまだ咲いている。使用人がこまめに水を替え、花がらを摘んでいるのでそれほど見劣りはしないが、やはり切り立てのバラの方が生き生きとしている。

「取り替えますね」

まず花瓶を洗って、あたらしい水を入れなければ——と、花台に歩み寄った。

「フィンレイ様、それは私がやります。水が入った花瓶は重いので」

ギルバートが制止してきた。重いことくらい予想がついている。

「いえ、このくらい持てますよ。これでも力持ちなんです。いつもジェイやキースを抱っこしているんですから、平気です」

「しかし、もし足の上にでも落としたらケガを……」

「そんな大袈裟な」

笑いながら振り返ったときだ、「フィンレイ」と低い声で呼ばれた。ガウンを羽織りながらフレデリックがしかめっ面でこちらを見ていた。

「静かにしてくれないか。頭痛がするんだ」

「ごめんなさい」

「それはギルバートに任せなさい。あなたはそんなことをしなくていい」

「はい……」

叱られてしまった。手に持っていたバラを花台にそっと置く。

「ギルバート、湯浴みの用意を」

「かしこまりました」

サッと踵を返し、ギルバートは寝室を出て行く。寝台横のチェストに置かれたカップを手に取り、フレデリックは一気に呷った。匂いから薬湯だとわかる。きっと二日酔いに効く薬だろう。

「もうこんな時間か……」

チェストの置き時計を見て、フレデリックがため息をつく。

「……今日もお出かけですか?」

「昼食の招待を受けている。食事のあとに大切な話をする予定なので、行かなくてはならない」

「どなたのお宅か聞いてもいいですか」

「……フィンレイには関係ない」

冷たい口調でばっさりと言いきられ、フィンレイは挫けそうになったが頑張った。

「次の王太子の件ですよね。私も仲間に入れてください。今日の昼食会に参加したいとは言いません。すべての用事を済ませて帰ってきたら、どこまで話が進んでいるのか私にも聞かせてください」

「聞いてどうする。フィンレイは親しくしている有力貴族などいないだろう。アーネスト殿下の支援者を募ることなどできない」

「たしかに、そういう働きはできません。でも、私はあなたの妻です。伴侶です。ディンズデール地方領のために、いつもなにかをしたいと思っています。いまがそのときなのではないですか」

「気持ちだけもらっておく」

「フレデリック！」

「だから大きな声を出すな」

両手でこめかみあたりを押さえ、フレデリックは渋面を作る。フィンレイは「ごめんなさい」と小声で謝った。

そこにギルバートが数名の使用人たちを連れて戻ってきた。浴室に湯を運び入れはじめる。ギルバートはあたらしい花瓶を持ってきて、バラを生けた。花台に置かれていた花は、花瓶ごと持ち去っていく。

「旦那様、用意ができました」

声をかけられて、フレデリックは浴室へ入っていく。フィンレイはただ見送るしかなかった。

湯浴みをしたあと、外出着に着替え、フレデリックは出かけていった。玄関の片隅で馬車を見送り、フィンレイはしばしそこに立ち尽くす。

出かける間際、フレデリックはなにも言ってくれなかった。「さっきは悪かった」「帰ったら話をしよう」「バラがきれいだった、ありがとう」——そんな言葉を待っていたが、なにもないばかりか、フィンレイに目を向けてもくれなかった。

フレデリックの頭の中は、いま王太子問題でいっぱいなのだろう。今後の王国の在り方に関わる問題だから、必死になるのは理解できる。理解したい。けれど、まったくフィンレイを見なくなってしまった夫に、失望しそうだった。

話しかけても上の空で、視界に入ろうとわざわざ回りこんでみても、視線は素通りするか鬱陶《うっとう》しそうに逸らされるだけ。

（なにか間違えたのかな……。なにかいけないことをしたのかな……）

だれもいなくなった玄関ホールに、途方に暮れたように立つ。

のろのろと階段を上がり、フレデリックの寝室へそっと忍んでいった。もう寝台はきれいに整えられている。枕も敷布も取り替えられ、夫の残り香はほとんど感じられなかった。

ふと思い立って、寝台横のチェストの引き出しを開けてみた。香油の小瓶がずらりと並んでいる。一本、取り出した。

コルクの栓を抜いてみれば、馴染《なじ》み深い香りが漂う。この香りに包まれながらフレデリックに抱かれていたのだ。彼の逞しい腕の感触や熱がまざまざとよみがえってきそうで、慌てて栓を戻した。

（やだな……これが欲求不満というものなのかな……）

夫婦の営みを生々しく思い出してしまう自分が浅ましくて、恥ずかしく、惨めな気分になった。

フレデリックは夫婦の営みがなくても平気なのだ。不満に思っているのはフィンレイだけ。もしかして外出先で発散しているから？　いやいや、彼を疑ってはダメだ。ほかの不道徳な貴族たちとちがい、フレデリックは誠実な人。フィンレイを裏切るような行為は、ぜったいにしないと信じている。けれど本当にそうだろうか。フレデリックだけ特別だなどと、どうして言い切れるのか。でも信じたい……。

堂々巡りだ。考えるだけで疲れてくる。

憂うつなため息をつき、フィンレイは自分の部屋に移動した。勉強しよう。読みかけの経済学の本を開くが、なかなか集中できなくて読み進められない。

窓から庭を眺めてぼうっとしていると、ギルバートがやって来て「お茶をお持ちしましょうか」とめずらしく声をかけてきた。

「……お茶は、いまはいりません」

「さようですか」

　ずっと存在を無視されてきたのに、なぜ声をかけてきたのだろうか。ついじっと見つめると、「どんな本をお読みですか」と聞いてきた。膝に置いていた本の表紙を見せる。ああ、とギルバートは頷いた。

「この本は新版が出ているのですが、申し訳ありません、たしかそちらは購入しておらず、屋敷の書庫にはありません。新版の方が現状に則していて、具体例がいくつも挙げられており、参考になる部分が多いと聞きました」

　驚くことに、ギルバートは蔵書をすべて把握《はあく》しているだけでなく、本の内容まで頭に入れているらしい。

「急ぎ取り寄せましょう。一般的に読まれている本ではないので、すぐには手に入らないかもしれませんが……王都中の書店に問い合わせれば数日中には見つかるかと」

　こんなに長くギルバートの声を聞くのははじめてだ。こういう声で、こういう抑揚でしゃべるのか、とフィンレイはすこし嬉しくなった。

　沈んでいた気分がちょっとだけ浮上する。鬱々としていてはいけない、体を動かした方がいいかもと立ち上がった。

「ありがとう、ギルバート。でも自分で探してみます」

「ご自分で、とは？」

「暇だし、体が鈍ってしまうので、すこし散歩に出かけます。書店を見かけたら店主に新版があるか尋ねてみます」

「散歩ですか？」

戸惑うギルバートの前を通り、フィンレイは自分の衣装部屋から羊毛のコートを取ってくると、馬車を使わず徒歩で門へ向かった。ギルバートが追いかけてくる。

「フィンレイ様、供もつけずにお一人で外出は……」

「大丈夫です。僕、いえ私は、王都育ちなので」

「……そうでしたね」

フィンレイはフレデリックと結婚するためにディンズデール領へ行くまで、ずっと王都内にある祖父母の家で暮らしていた。自由度が高かったので、近所の子供たちとよく遊んだし、王都の外へ狩りにも行った。貴族との親交は一切なかったが、王都内は庭のようなものだ。

「夕食の時間までには帰ります」

ギルバートに手を振って、フィンレイは颯爽《さっそう》と歩き出した。

王都の一人歩きは一年半ぶりだ。貴族たちが屋敷を構える地区を通り過ぎ、富裕層の平民が住む地区を横切る。そこまで歩いてから、現金を持っていないことを思い出した。これでは本を見つけても買えない。引き返すかどうか迷ったが、そのまま進んだ。

「名乗って屋敷に届けてもらえばいいか。そのときに代金を払えば」

ディンズデールの名前は商人たちに通りがいいだろう。

商業地区へ差しかかると、賑やかな雰囲気が伝わってくる。たぶん市場は人でごった返しているだろうから、一本裏道を歩いた。地元民でなければ迷ってしまうような、見通しがきかない脇道だ。

「あれ、殿下？」

前からやって来た男に声をかけられて、フィンレイは顔を上げた。北方に住む民族のように、毛皮の帽子をかぶり毛皮の上着をまとっている。足下も毛皮の靴だ。

北方民族に知り合いはいただろうかと考え、すぐ顔の下半分を覆う茶褐色の髭《ひげ》には見覚えがあると気づき、記憶の底から名前が浮上してきた。

「もしかして、デリック？」

「当たりです」

デリックは帽子を脱ぎ、ニカッと笑って頭を下げてきた。

「わあ、ひさしぶり。元気だった？」

「元気ですよ。殿下もお元気そうで。なぜ王都に――って、そうか、アンドレア王太子殿下の葬儀で領地からいらしたんですね」

そう、と頷いたフィンレイは、ふとデリックの生業を思い出した。ここで偶然再会したのは、なにかの縁かもしれない。多少は逡巡したが、決めた。

「ねえデリック、いま時間ある？」

「……なくても、殿下のためなら時間を作りますよ」

真顔になったデリックは、「こちらへ」とフィンレイをさらに路地裏へと案内した。

デリックとはフィンレイが子供のころから顔見知りだった。というのも、祖父の店にデリックが仕事でよく出入りしていたからだ。

表向きは人足の斡旋《あっせん》屋で、公共工事が祖父の店に依頼されたときなどは人手を集め、賃金の管理まで請け負っていた。看板を出しているわけではないが裏の仕事としては情報屋をやっており、祖父はそちらでもデリックを重用していたらしい。

一年半前にフィンレイが嫁ぐときは、人足の斡旋屋として花嫁道具を運ぶ馬車の御者や護衛を集めてくれ、ディンズデール領までついてきてくれた。さらに一年前には情報屋として祖父の依頼を受け、あやしい動きをしていた第一王子ウィルフを調べ、フレデリックの危機を知らせてくれた。

有能な男なのだろう。孫のフィンレイには甘いが、商売に関しては厳しい祖父が重用していたのだ。それに口の堅さも信用できる。

「どうぞ。小汚いところですが、そのへんは我慢してください」

路地裏の細い道をなんども曲がって、デリックは一軒の民家にフィンレイを連れて行った。頑丈そうな、レンガの壁が厚い家だ。玄関はしっかり施錠されており、デリックは懐から取り出した鍵で開けた。

入ってすぐは土間で、仕切りの奥は居間という、王都の民家の典型的な間取りだ。土間には竈《かまど》があり、居間にはテーブルと椅子が見えていた。使われている形跡はあっても、人気はない。

「ここは？」

「俺の家です。まあでも、いくつか持っている家のうちのひとつですね。住処が特定されると面倒な場合が多いので、定期的に変えるんです」

デリックはなんでもないことのように言った。情報屋のような仕事をしていると、用心深くしなければならない場合があるのだろう。

「さっきの場所から一番近い家がここでした。すみません、薪《まき》の用意もなくて、お茶が出せないんですが」

「構わないよ。さっそく話をしたい」

フィンレイを居間の椅子に促し、「少々お待ちください」とデリックはいったん外に出ていった。

ぐるりと家の周囲を歩いている足音が聞こえる。はっきりと足音が聞こえるのは、たぶん地面に音が鳴りやすい石を撒いてあるのだ。不審者が家に近づいたらわかるように。

戻ってきたデリックは、内側から扉に鍵をかけた。

「お待たせしました」

フィンレイの正面に座り、暑いのか毛皮を脱いだ。日が暮れると冷えこむ季節になってはきたが、今日のように天気がいい昼間は毛皮を着こむと暑いにちがいない。

「その装束は変装なの？　いま忙しい？」

「変装といえば変装ですね。忙しいといえば忙しいですよ。俺はいつも何件かの仕事を並行して進めています。でも殿下の話を聞けないほどではありません」

「……僕がなにを話すつもりなのか、だいたいの予想はついている？」

昔馴染みのデリックの前にいると、つい一人称が「私」から「僕」に戻ってしまう。結婚してからは努めて「私」と言うように気をつけてきたのに。

デリックは髭だらけの顔で微笑んだ。

「なんとなくは、察していますよ。現在の国の情勢と、殿下のお気持ちとお立場を考えれば、おのずと答えは出てきます。王太子候補について、悩まれていますか？」

「僕ではなく、フレデリックがね」

「なるほど」

フィンレイは、王太子アンドレアが亡くなってからずっとフレデリックが多忙なこと、その理由をかいつまんで話した。

「フレデリックの頭の中は、ディンズデール領のことでいっぱいなんだ。王国が揺らいでは、自分の領地も危うくなる。領民たちの幸福を願う領主としては、絶対に王位継承で揉めてほしくないし、次期国王は私利私欲に支配された俗物であってはならない」

「つまり殿下の旦那様は、故アンドレア王太子殿下の遺児、アーネスト殿下を推しているわけですね。第三王子のディミトリアス殿下ではなく」

「そう。でも僕にはなんの権力も権利もなくて、多忙を極めているフレデリックを助けることができない。貴族世界の社交なんてできないから、下手に動いてフレデリックの迷惑になってもいけない。屋敷でじっとしているしかないんだ。それがもどかしくて、でもどうすることもできなくて、悶々としていた」

「そこで俺に出会ったわけですか」

「デリックに仕事を依頼したい」

フィンレイははっきりとそう言った。

報酬は払えると思う。領主夫人が個人として自由に動かせる金が、いくらかはあるのだ。いままで使ったことはなかった。

領主一家の家計を管理するのは領主の妻の務めで、その補佐をするのは執事だ。ギルモアにはきちんと使途を説明すればいい。フレデリックのために使ったのだから納得してくれるはずだ。

「俺になにを依頼するつもりですか」

「ディミトリアスを確実に追い落とすための証拠がほしい。その証拠集めだ」

デリックはニッと笑い、「それは大事だ」と肩を竦めた。真剣に受け止めてくれていないように見え、フィンレイは焦った。

「デリック、頼むから真面目に聞いて。いまフレデリックはアーネストの支援者を増やすために、貴族たちに説明して回っているはずなんだ。たしかにアーネスト派の貴族を増やすのは大切なことだけれど、その結果、アーネストが王太子になったとしてディミトリアスが黙っているわけがない。あの人はウィルフに似て、執念深く狡猾《こうかつ》だと聞いた。王太子争いで負けた事実だけで、すんなりと引き下がってくれると思えない。確実に表舞台から去ってもらうためには、そのための材料が必要だ。国民に対してもアーネストの正当性を訴える材料がほしい」

　ディミトリアスは廃嫡された第一王子ウィルフに、容姿も性格もそっくりと言われているらしい。おなじ母親の正妃から生まれたせいだろうか。フィンレイは正妃に会ったことはあっても、人となりはまるで知らない。挨拶くらいしか言葉を交したことがなかった。正妃は王族で、国王とははとこの関係だと聞いたことがある。

正妃が産んだ王子が二人とも性格に難があったことは、国王の不幸だろう。

「僕は社交界に疎くて、王族間の噂話もあまり知らないけど、ディミトリアスはあまり評判がよくない方なんだろう？　フレデリックがどうしてもアーネストに王太子になってもらわなければ、って言うくらいなんだから」

　フィンレイがデリックをじっと見つめると、彼はひとつ息をついて「そうですね」と頷いた。

「ディミトリアス殿下の悪い噂なら、巷《ちまた》にいくらでも流れていますよ。あのお方は選民意識が強いくせに街中で遊ぶのがお好きのようで、どこぞの料亭で泥酔して暴れて店の者にケガをさせたとか、花街の高級娼館を貸し切って親しい貴族たちとともに欲望のかぎりを尽くしたとか、人通りの多い街道でわざと馬車を暴走させて子供にケガをさせたとか、ふざけて橋に放火して焼いたとか、視察に出かけた地方の街で素人娘を宿に連れこみ乱暴したとか、まあいろいろ」

「……それ、噂なの？」

「たぶん事実ですね」

なんてこと、とフィンレイは頭を抱えたくなる。第三王子ともあろう立場の者が、人々の手本にならなければならない王の息子が、そんな非人道的で醜悪な事件を起こしていたとは。

ちなみにディミトリアスは内政に携わっており、ちゃんと妻子もいる。私生活で好き勝手していい立場ではない。

「たしかに酷い醜聞ですが、このくらいの悪行をバラされたくらいでは、ディミトリアス殿下はおとなしくならないでしょうね。酔っていたので覚えていないとか、政敵に仕組まれたのだとか、言い訳しそうです」

「……ほかになにかある？」

「その高級娼館が賄賂《わいろ》や談合の話し合いの場として使われている、という話を小耳に挟んだことがあります」

ハッとしてフィンレイは息を呑んだ。思わずテーブルに身を乗り出して、デリックの手を握る。

「お願い、その証拠を集めることはできない？」

「やろうと思えば、できないこともないですが」

「報酬はちゃんと払う。前金が必要なら言って」

すぐに色よい返事をしてくれないデリックの手を、さらにぎゅうぎゅうと握った。

「デリック、お願い、いま僕が頼れるのはあなたしかいない。フレデリックのために僕もなにかやりたいんだ。あのひとの力になりたい。ディミトリアスの悪行の証拠を揃えておけば、あとできっと役に立つ。もし役に立たなくても、僕の自己満足に終わっても、デリックが尽力してくれたことは忘れないし、報酬は約束するから。えーっと、デリックのこうした仕事の対価がいくらぐらいなのかぜんぜん知らないんだけど、いつもの倍を払うよ。少ない？　だったら――」

「殿下、わかりました」

いくらまでなら出せるかな、と具体的な金額を頭の中で計算していたら、デリックが苦笑しながら頷いてくれた。

「報酬を倍も出してくれなくてもいいです。きちんと仕事をしますから」

「え、そうなの？　いいの？　本当に？」

「引き受けましょう。まあ、殿下に話があると言われたときに、こういうことになるだろうと予想はついていましたから」

「ありがとう！」

握った手をぶんぶんと振り回したら、痛いと言われて慌てて離した。

「しかし、あのちいさかった殿下が大人になって結婚したときにも胸に迫るものがありましたが、こうやって夫のためになにかしたいと思う日が来るなんて、俺も年を取ったなとしみじみ遠くを眺めたい気分になりますよ」

デリックはよくわからないひとり言を呟き、ため息をついた。

「それで、どこから手をつければいいの？　こういうこと、デリックは慣れているだろうから、いろいろと教えて」

「まさか殿下も俺といっしょに調べるつもりですか」

「え、当然でしょう」

ヤル気満々だったフィンレイがきょとんとした顔をすると、デリックが苦虫を噛みつぶしたような顔になった。

「それ、本気で言っていますよね」

「冗談でこんなこと言わないよ。ほら、教えて。まずなにをするの？　僕でもできそうなことはなに？」

時間を持て余していただけに、やることができて嬉しい。諜報活動まがいの行為ははじめてなので、わくわくもしている。

デリックが「ううぅ」と唸りながら両手で髪をぐしゃぐしゃとかきまぜはじめたので、フィンレイはそれが終わるまでおとなしく待っていた。


翌日の午後、フィンレイは高級料亭『青の湖畔』のそばに来ていた。ディミトリアスが無体を働いて被害を受けたといわれる店だ。

広大な敷地をぐるりと土塀で囲った『青の湖畔』は、富裕層にはなじみの店らしい。もちろんフィンレイは利用したことがない。

聞くところによると、広い庭に人工池が造られており、色とりどりの鯉が優雅に泳いでいるという。夏は小舟を浮かべて水遊びもできるというから、人工池はずいぶんと大きいのだろう。王城にも人工池や噴水はあるが、それとはまた趣《おもむき》が違った異国情緒に溢れた設計になっていて、裕福な商人や貴族たちの遊び場として有名なのだそうだ。

営業時間は主に昼時と、夕方から深夜にかけて。いまの時間は、昼時の営業が終わったところで、フィンレイは裏門を物陰から窺っていた。

デリックの指導を受けて、フィンレイはいま、ごく庶民的な古着に身を包んでいる。とくに違和感はない。祖父母の家で暮らしていたころは、王族らしい衣装で着飾ることなどなかった。貴族の子弟にも見られないほど、簡素な服で近所の子供たちと駆け回ったものだ。

裏門から数人の従業員が出てきたのが見えた。みんな揃いの浅黄色の上下を着ている。休憩時間だ。男女比は七三くらい。女性たちは近くの甘味処へ笑顔で入っていき、男たちはぶらぶら歩きながら河原へ向かった。

すこし歩いたところに小川がある。物資の流通用に造られた運河ではなく、自然の川だ。この川の水を料亭に引き入れ、人工池に使っているらしい。白い小石がごろごろしている河原に座った男たちは、懐から取り出したパイプで煙草《たばこ》を吸い出した。デリックが教えてくれた通りだった。

フィンレイは「こんにちは」と声をかけながら、河原に下りていった。男たちが振り向き、すぐに興味をなくしたように視線を逸らす。一人だけ、フィンレイの顔をじっと見つめている若い男がいた。

フィンレイの正体がバレる心配はほぼない。貴族の中でも第十二王子の顔を知っている者はいないくらいなのだ。フィンレイは男たちからやや距離を置いた場所に座りこみ、懐に入れてあった木の皮の包みを出した。市場で買ってきたばかりの素朴な焼き菓子だ。自分もここで休憩するんです、といった態で、小川を眺めながら囓《かじ》る。まだほんのり温かいそれは、懐かしい味がした。

そのうちフィンレイを見ていた若い男が、「よう、見ない顔だな」と声をかけてきた。年の頃は二十代半ばだろうか。中肉中背で髪と瞳は褐色。鼻のまわりにはそばかすが浮いていた。

「それ、美味《うま》そうだな」

「美味《おい》しいよ」

そのころには、煙草を吸っていたほかの男たちは立ち上がり、雑談しながら小川にそってぶらぶらと歩き出している。

「ひとつ、どう?」

「くれるのか？　ありがとう」

ニカッと白い歯を出して笑い、若い男は一口大のそれを摘まみ、口に放りこんだ。

「うん、美味い。ガキのころ、よく食った。懐かしいな」

「でしょう。僕も懐かしくなって、つい買ってしまって」

えへへ、と笑って、もうひとつ口に入れる。

「おまえ、このちかくで働いているのか?」

「そこのお屋敷です」

フィンレイは曖昧《あいまい》に指を差した。

「最近この地区に来たばかりなので、なにも知らなくて」

「そうか。安い飯屋やいい古着屋くらいなら教えてやるぞ」

「ありがとう」

フィンレイが微笑むと、男はなぜか眩しそうに目を細めた。

「オレはセスっていう。おまえ、名前は?」

「アイラ」

「女みたいな名前だな」

「気にしているから言わないでほしい」

ムッとしてみせるとセスは眉尻を下げて、「すまん」と謝ってくれた。悪い人ではなさそうだ。

料亭の従業人の休憩時間に偶然を装って居合わせ、まずは知り合いになる。親しくなったところでディミトリアスの蛮行の詳細を聞き出す——それがフィンレイの役目だ。

変装のための古着を購入しなければならないし、なにかの折りに必要だろうと、フィンレイは屋敷を出る前に、ギルバートに小遣いを要求した。

もちろん本当のことは言わない。ほしい本が見つかったら購入したいから、という言葉を、ギルバートは疑わなかった。執事を騙していることに良心がチクリとしたが、フレデリックのための調査活動費だ。すべてが終わったら詳細を打ち明ける、だから許して、と心の中で詫びた。

「明日もこの時間にここに来る？」

フィンレイが上目遣いで聞くと、セスは「おまえが来るなら」と言ってくれた。

「明日はオレがなにか菓子を持ってこよう。今日の礼だ」

「ホントに？　嬉しい。職場以外に知り合いができるなんて、今日はとってもいい日だ」

「そうか」

セスが満足げに頷くのを、フィンレイは「よし、きっかけは掴めた」と考えながら微笑んだ。

◇

昼食会のあと予定していたお茶会が主催者の都合で中止になり、フレデリックはいったん屋敷に戻ることにした。

「お帰りなさいませ、旦那様」

いつものように出迎えてくれたギルバートが、予定外の帰宅について「なにか変更になりましたか？」と聞いてきたので、お茶会がなくなったことを伝える。

「夜のご予定は？」

「そっちは予定通りだ。すこし休憩する。書斎にいるからお茶を頼む」

「かしこまりました」

フレデリックは書斎へ行き、デスクの上に出しっぱなしになっていた貴族名鑑をめくった。このフォルド王国だけでなく近隣諸国の貴族の名前がずらりと書かれている。王都に来てからというもの毎日のように活用していた。

今日は懇意にしている貴族から夕食会に招かれている。気を利かせてアーネスト派に取りこみたい貴族も招待しているそうなので、フレデリックはここぞとばかりにアーネストを売りこむつもりだ。

今夜会う貴族たちの素性をお復習《さら》いしておこうと、貴族名鑑をせわしなくめくる。しばらく集中していると、ギルバートがお茶を運んできた。

「こちらでよろしいですか」

デスクの端に茶器が置かれた。お茶をひとくち飲み、ふとフィンレイを思い出す。いまはちょうどお茶の時間だ。

「フィンレイはどこでお茶の時間を過ごしているのだ？」

たまにはいっしょにお茶を飲み、語らいたいと思った。もう何日も屋敷を出たり入ったりしていて、妻の顔を満足に見ていない。体調を崩したり、なにか事件が起こったりすればギルバートが報告してくるだろうと、あまり気にかけていなかった。

「フィンレイ様は、外出中でございます」

「外出？」

意外な返答に、フレデリックは貴族名鑑から顔を上げた。自分がいるのにフィンレイがこの屋敷にいないなんて、思ってもいなかった。

「どこへ出かけたのだ」

「わかりません」

「行き先を聞かなかったのか」

はい、とギルバートが頷く。なんら悪びれない執事の態度に、フレデリックはイラッとした。しかし、フィンレイに干渉するなと命じたのは自分だと思い出す。

「……フィンレイはよく出かけるのか？」

「この一週間ほどは多いように思います。ですが、夕食の時間には間に合うようにお帰りになるので、遠出をしているわけではないでしょう」

「買い物か？」

「いえ、いまのところ請求書は届いておりません。いくばくかの現金はお持ちですが、たいした額ではありません」

「……そうか」

　腹の底でもやもやするものがあったが、フレデリックはなんでもないふりをした。ギルバートに動揺した様子を見せたくない。澄ました顔でお茶を飲み、下がらせた。

　丁寧に礼をして書斎を出て行くギルバートを、なんとなく目で追う。生まれはディンズデール領でも、十七歳から二十一年間も王都暮らしならば洗練されるらしい。執事の服をすっきりと着こなし、いかにも都会の男といった雰囲気を身につけている。

　フレデリックは椅子から立ち、壁にかけてある鏡に自分をうつした。地方領主として恥ずかしくない身だしなみができていると自負しているが、本当にそうだろうか。何十人もの貴族と会談を重ね、貴婦人たちとお茶の時間を持ったが、とくに服装や立ち居振る舞いにダメ出しをされてはいない。

　フィンレイはどう思っているのだろう。ひさしぶりに王都へ来て、自分の夫と王都の男たちを比べていないだろうか。

（……フィンレイはそんなことはしない）

他人と比べるなんて不毛なことはしない性格だ。子供たちにもいつもそう言っている。

外出先はきっと実家だろう。この一年半のあいだ、一度も里帰りしていなかった。ひさしぶりに祖父母や母親と会い、積もる話があるのかもしれない。妻の行き先をいちいち探って、心が狭い夫にはなりたくなかった。寛容でいたい。フィンレイにもあるていどの自由は必要だろう。

フレデリックはふたたび貴族名鑑を開き、夕食会に向けて準備をした。

夕食会用に着替え、フレデリックはギルバートに見送られて玄関を出る。日が落ちて外がもう薄暗くなっていることに気付き、馬車の扉を開けたギルバートに尋ねた。

「フィンレイは戻ったか？」

戻っているなら見送りに出てくるはずだ。姿がない。

「まだお戻りになっておりません」

「こんな時間までなにをしているのだ」

つい苛立ちが口調に表われてしまう。どこでなにをしているのか気になる。フィンレイに関して自分が知らないことがある状態は落ち着かない。

「……明日も出かけるようなら、それとなく行き先を聞いておけ」

「旦那様はお聞きにならないのですか」

ギルバートに言い返され、フレデリックは目尻を吊り上げた。なにか言ってやろうと口を開けたところで、執事が深々と頭を下げる。

「余計な差し出口をしました。申し訳ありません。フィンレイ様がお帰りになりましたら、外出先を尋ねてみます」

怒りのぶつけどころがなくなり、フレデリックは苛々しながら馬車に乗りこんだ。あのギルモアの甥だからか、ギルバートは一筋縄ではいかない男だ。しかし、このくらいの胆力がある人物でなければ、王都の屋敷を任せられないのは事実。気に入らないからといって解雇にできるはずもない。

フレデリックは馬車に揺られながら、ため息をついた。おそらく重なる疲労が苛立ちを募らせているのだろう。自覚している以上に疲れているのかもしれない。こんなとき、いままではどうしていただろうか。

（いや、こんなことではダメだ）

いまは国の一大事。領地にも大きく関わる。疲れを感じている暇はない。

フレデリックは大切な夕食会に意識を集中しようと努めた。

◇

セスに連れられて料亭の裏門から出ると、フィンレイはホッと息をついた。聞きこんだことを書き留めた帳面を上着の隠しに入れ、セスに「ありがとう」と礼を言う。

「こんなことくらい、なんでもないさ」

仲良くなったセスはフィンレイの要求に応じてディミトリアスが店で騒いだときのことを詳しく話してくれただけでなく、女性の従業員に繋ぎをつけてくれ、会わせてくれたのだ。ディミトリアスは酔って店の家具や備品を破壊しただけでなく、女性従業員に卑猥《ひわい》な言葉を吐いたり体に触れたりしたそうだ。話を聞いているだけで腹が立ち、身分を隠しているのを忘れて、フィンレイは腹違いの兄が失礼なことをしたと謝罪しそうになった。

その女性従業員には辛い出来事を思い出させてしまって申し訳なかったが、重要な証言を得ることができた。

「アイラ、あのさ、明日も会えるか？」

「明日？」

フィンレイは視線を泳がせた。料亭『青の湖畔』については、もうじゅうぶんではないかと思う。このあとデリックに会って成果を報告する予定なので、そこで判断してもらおう。

「えーと、明日はちょっとわからない」

「次の休みはいつだ？　いっしょに出かけないか」

「それも、ちょっとわからない。ごめんね」

鉛色の空からはちらちらと小雪が舞ってきた。体の大きさにあわないぶかぶかの上着が寒い。古着だからしかたがないのだが、両腕で胸を抱くようにしているフィンレイに、セスは自分が着ていた上着をかけてきた。

「貸してやるよ」

「え、でも、セスが寒いよね」

「オレはいい。明日でも明後日でもいいから、これを返しに来てくれ」

「うん。ありがと」

セスに見送られ、フィンレイはその場を立ち去った。

寒いので駆けるようにして路地裏をくねくねと曲がる。デリックと待ち合わせをしている隠れ家のひとつに入り、苦心して竈に火をおこした。無人の土間は、外とおなじ気温だろう。吐く息が白い。今日は屋敷から茶葉を持参してきたので、部屋を温めるためにも湯を沸かしたかった。

鍋の中で、水がふつふつとしてきたころ、やっと竈の周辺が暖かくなってくる。フィンレイはセスに借りた上着を脱いだ。

「お待たせしました」

デリックがやって来た。肩にうっすらと雪が積もっている。

「今日は寒いですね。かなり降ってきましたよ」

「いまお茶を淹れるから待ってて」

「殿下、そんなことは俺がやります」

「いいよ、僕がやるから」

「危なっかしいんです」

ふいごを奪われて、フィンレイはつまらないなと思いながらも茶器の用意をした。デリックが古道具屋で買ってきた茶器は、薄くて軽くて繊細なラインの磁器ではなく、土色のぽってりと厚みのあるものだ。デリックが丁寧にお茶を淹れてくれた。

「これはいい茶葉ですね。茶器とは不似合いだが、美味しい。ありがとうございます」

「うん、美味しいね」

ちょうどお茶の時間だ。フレデリックはいまごろなにをしているだろう、とふと思った。
デリックに調査を依頼してから十日がたった。そのあいだフィンレイはセスと知り合って仲良くなり、証言を得た。さらに、ディミトリアスが火を付けたという運河の橋の近辺に住む人々からも話を聞いた。

運河にはあたらしい橋がかかっていた。第三王子の蛮行をなかったことにしたかったのか、異例の早さで修復されたと周囲の人たちは言っていた。

ほとんど毎日のように外出しているが、フレデリックからなにも言われていない。フィンレイ以上に屋敷を空けているので、もしかしたら妻が屋敷にいないことに気付いていないのかもしれない。

もちろんギルバートはフィンレイが外出していることを知っている。何度か行き先を聞かれたが、そのたびに「書店に行く」とか「実家でのんびりしてくる」と、適当な返答をしていた。それ以上の追及をされたことはない。

豪遊して湯水のごとくディンズデール家の財産を使っているわけではないし、夕食の時間までには帰るようにしているので、とくに問題視していないのだろう。

ただフレデリックに無関心でいられるのは、寂しい。まさかここまでなにも気付かれないとは思ってもいなかった。彼は彼で忙しく動き回っていて、気持ちに余裕がないのはわかっているので、これもしかたがないことなのだろう。

いまどのくらいまで話が進んでいるのか知りたい。国王はもう心を決めたのだろうか。アーネストはその気になっていて、フレデリックが集めた支援者たちと交流をはかっているのだろうか。

何度か思い切ってフレデリックに「いまどうなっているのか」と聞いてみたが、いっさい教えてくれなかった。彼は国政に関する話は、フィンレイにはまだ難しすぎると思っているフシがある。子供扱いされているのだ。

たしかにフィンレイはフレデリックより十三歳も年下で、まだ十九歳だ。けれどとうに成人しているし、結婚までしている。そもそも王の息子だ。なぜ除け者にするのか。

夜遅く帰ってくるフレデリックから、甘い香りがかすかに漂うたびに、フィンレイは悲しく、悔しく、喉が重い石で塞がれたように苦しくなる。背中を向けたままで「おやすみ」と言われるのが、どれほど寂しいことか、フレデリックはわかっていない。

夫婦の営みは、あいかわらずない。最後の行為から、もう四週間ほどが過ぎている。

フィンレイの体はすっかりフレデリックの熱を忘れてしまった。最近は欲求不満を覚えることもなくなったくらいだ。もし、このまま行為のない、形だけの夫婦になっていくのだとしたら——。

想像しただけで心に冷たい風が吹く。寂しさにじわりと瞳が潤んできそうになり、慌てて考えるのをやめた。

そんな悲しいことは考えてはダメだ。王太子問題が片付けば、二人揃って領地に戻ることになるはず。そうすれば、夫婦の関係はきっと元に戻る。このまま、心が離れていくなんてことは絶対にない。

(だって、まだこんなにも愛しているのに……)

早く次の王太子が決まればいいのだ。そうすればフレデリックも肩の荷が下りて、フィンレイを見る余裕ができるにちがいない。

フレデリックが思い描く方向へ、着実に進んでくれていればいい。そして、いまデリックと二人で調べていることが役に立てば――。

「殿下、頻繁に出てきていますが、お屋敷の方は大丈夫なんですか?」

デリックに問いかけられて、ハッと顔を上げる。

「ああ、それは、うん、大丈夫。フレデリックはすごく忙しくて、留守がちなんだ。ほとんど顔を見ないくらいだから、僕が屋敷にいないことに気付いていないのかもしれない」

「気付かないことはないでしょう」

「でもなにも言われていないし……たぶん次の王太子のことで頭がいっぱいなんだと思う。

僕に構っている暇なんてないんだ、きっと」

「殿下……」

デリックが気遣わしげな表情になったので、フィンレイは「大丈夫だから」とくりかえした。なにが大丈夫なのかわからなくても、いまはそう言っておくしかない。

ひとつ息をつき、デリックはそれ以上追及することなく、本題に入ってくれた。

「殿下、それで料亭の従業員には詳しい話を聞けたんですか？」

「聞けた」

話題が変わったことにホッとしつつ、上着の隠しから帳面を引っ張り出す。それを渡した。デリックは帳面をめくり、感心したように呟いた。

「こんなにたくさん、よく聞けましたね」

「何日も通ったから」

へへへ、と照れ笑いしながらセスを思い出す。彼には本当に世話になった。なにかお礼ができたらいいのだが。

「ディミトリアスが泥酔して暴れたのは事実だったよ。それも一回じゃない。三回もやっている。取り巻きを引き連れて、飲んだり食べたり店の備品を壊したり、大変だったって言っていた」

「そのときの取り巻きってだれかわかりましたか？」

「うん」

大声でディミトリアスが取り巻きたちを呼ぶので、従業員は何人かの名前を聞いたという。フィンレイが帳面に書き留めた部分を示すと、デリックは大きく頷く。

「なるほど、有力貴族ばかりですね。このカーティスという男は、ディミトリアス殿下の腰巾着で有名です。殿下は酒代を踏み倒してはいませんか？」

「それはないみたい。むしろ口止め料として多めに払ったらしいよ。でもその口止め料は店の修理に使われて、迷惑をこうむった従業員たちには分配されていない。だから僕が話を聞いた彼は、いまだに怒っていた。複数の従業員が、ほぼおなじ証言をしているから、私怨《しえん》が入って多少の誇張はあったとしても、事実だと思う」

「上出来です、殿下。俺では従業員の口を割るのにもっと時間がかかったかもしれません。殿下の人畜無害そうな雰囲気が、きっとよかったんですね」

「それって、褒めているの？」

「褒めています」

デリックは苦笑いしながらお茶を飲む。割り振られた役目が果たせたようで、フィンレイは安堵した。

「すごく協力してくれた従業員がいてね、彼が女性従業員に引き合わせてくれたんだ。今日なんか、寒いだろうって上着を貸してくれた。早く返しに行かなくちゃ」

椅子の背にかけた上着を、デリックがちらりと見る。

「男ですか。名前は？」

「セスっていって、年は二十二だって。十五のときからずっと料亭で働いているみたい。食べきれないいくらいお菓子を分けてくれたり、なにかを贈ってくれたりしようとするから、断るのが大変だった。悪い人ではないんだけど。いろいろと協力してくれたし」

「なるほど」

ふう、とデリックがひとつ息をつき、セスの上着に手を伸ばした。それを丁寧に畳み、「俺が預かります」と自分の膝に置いてしまう。

「デリックが預かるって、どうして？」

「俺が近日中に料亭まで行って、そのセスという男に返してきます。謝礼金も渡します。もちろん殿下の正体は明かしません」

決定事項のように告げられて、フィンレイは釈然としない。

「殿下はもうセスにお会いしない方がいいと思います。正体を隠したまま友情は育ちません。おそらく、セスはもう、あなたがただの下男だとは思っていない。ディミトリアス殿下の蛮行を調べに来た何者かと気付いています。本当のことを教えてくれと真剣に迫られても、かわせますか？」

「無理かもしれない……」

今日の別れ際、セスはいつもとちがっていたように思う。次の約束をほしがっていたし、上着を貸してくれた。冬の防寒用の上着を、庶民がそれほどたくさん持っていないことくらいフィンレイも知っている。大切な上着を貸してくれたのは、たぶん返しに来たフィンレイとまた話がしたかったからだ。

もう会わない方がいい、とはっきり言われて、フィンレイは肩を落とした。

「殿下、俺が悪かったです」

「どうしてデリックが謝るの」

「料亭への聞きこみは、殿下の性格には合わなかったようですから」

「そんなことない。たくさん聞き出せたって、いま言ってくれたばかりじゃない」

「けれど、正体を隠して親しくなるということは、相手を騙すということです。そこに罪悪感を抱いてしまうのなら、こうした調査には向いていません」

腹が立って言い返そうとしたが、フィンレイは反論する言葉が思い浮かばなかった。

デリックは正しい。夫のために、と意気揚々《いきようよう》と調査をはじめたが、やはりこうしたことは素人では難しいのだろう。

「ですが、橋についての聞きこみはほぼ完璧です。焼け落ちたときの複数の目撃証言は正確で、具体的です。再建工事の工程も細かい。ちゃんとできていますよ」

手放しで褒めてくれて、フィンレイはすこし気分が上向きになった。

セスの上着については、デリックに一任しよう。自分はもう会わない方がいいのなら、そうする。

「そっちの娼館はどうなの？」

「俺の方もうまくいっています」

デリックはディミトリアスが通い詰めている高級娼館を調べていた。偽名を使って下働きとして雇われ、潜入しているのだ。そこまでは、とてもフィンレイにはできない。

「下働き仲間からずいぶんと証言を得ることができました。ディミトリアス殿下が贔屓《ひいき》にしている娼妓《しょうぎ》と親しくなって信用が得られれば、もっと具体的な証言が出るでしょうね」

「えー、すごい」

娼館がどういう場所なのか、さすがにフィンレイも知っているが、娼妓と親しくなって信用を得るとは、いったいどういう手段を用いるのか——想像できない。

「火のないところに煙は立たないと言いますが、今回はその通りでした。あの娼館は汚職の現場です。大臣や官僚を、贔屓にしている娼妓に会わせるという態で娼館に呼び出し、最上階の一番奥まった部屋で密談を行っている。店主も承知で場所を貸しているのでしょうね。密談の場には娼妓を何人か侍《はべ》らせるらしいので。彼女たちが全員、口を噤んでいればバレないと思っているようですが、女というのは一筋縄ではいきません。うまくいけば、近いうちに汚職の証拠となるものが手に入るかもしれませんよ」

デリックは悪者の目つきで笑った。自信があるようだ。

「じゃあそっちは任せた。僕は料亭と橋についての証言や被害を、報告書にまとめるね」

せっかく部屋が暖まってきたところだったが、おたがいの成果の報告は終わったので、二人は解散する。デリックは娼館の仕事に戻らなければならないし、フィンレイは夕食の時間までに屋敷に帰るのだ。

「じゃあ、また」

隠れ家の前で左右に別れ、フィンレイは足早にその場を離れた。

◇

「これでもう、あなたがあたらしい王太子になることは決定です。アーネスト殿下、おめでとうございます」

国王の寝室を辞し、隣室の控えの間に移動したフレデリックは、アーネストに祝いの言葉を贈った。第二王子アンドレアの国葬から三週間あまり。今日、国王ジェラルドの口からはっきりとした言葉を引き出すことができた。

「ありがとう」

鷹揚《おうよう》に応えるアーネストからは、以前にはなかった覚悟が感じられて頼もしい。結婚は急がなくていいと国王の言質を取ることができ、ホッとしているのもあるだろう。控えの間の外で待っているタイラーと、当分は引き離される心配はない。フレデリックも安堵していた。

アーネストはまだ若い。精神状態が安定していなければ、帝王学の履修も進まないだろうし、よからぬ者たちを引き寄せて道を踏み外してしまうことだってあるだろう。けれど実直そうなタイラーがついていれば、彼のためにも頑張るだろうし、悪い誘惑にうっかりはまることはなさそうだ。

「フレデリック殿、聞きたいことがあります」

「なんでしょう？」

「男同士の性交は後ろを使うというのは本当ですか」

ぐっと喉が変な音を立てた。ごほごほと変な咳が出て、フレデリックはしばし目を閉じた。聞きまちがいでなければ、いまアーネストは肛門性交について尋ねてきた。控えの間は二人きりだが、国王の寝室のすぐそば。見舞ってきたばかりだ。

（この殿下はなにを考えているのか）

頭が痛くなってくる。本当にこの人があたらしい王太子になっていいのか、という情けない疑問が不意に浮かんできてしまった。しかしディミトリアスよりもマシなのは確かだ。

「その、くちづけまでは、してくれるようになったのです。舌と舌を触れ合わせると、とても気持ちいいのですね。はじめてのときは驚きましたが、いまはそれがないとくちづけた気がしないくらいになってしまいました」

ほんのりと頬を赤く染めながら、甘い香りをまとった殿下は赤裸々《せきらら》に恋人との行為を語る。おそらく、そうした話ができる相手がいないのだろう。立場上、安易に恋バナができないのは理解できる。できるが、時と場所を選んでほしい。夜に酒でも飲みながらなら、まだ聞ける。十七歳の青年が、はじめての恋に戸惑う初々しい話を。

しかし、しかしだ、ここは王城で、国王を見舞った直後で、この青年はこれから王太子になる高貴な身分の方だ。

「殿下、そうした話は、また今度に――」

「僕はくちづけの続きがしたいのです。フレデリック殿、教えてください」

「な、なにをですか？」

まさか具体的に手取り足取り、男同士の性交を教授しろということか？

「タイラーの一物はとても大きそうなのですが、あんな太くて長いものが、尻の穴に入るものなのですか？　裂けないのですか？　痛くないのですか？　僕が受け入れられないとなるとタイラーが辛い思いをするのでしょうか？　そうしたら、彼の愛を失ってしまうのでしょうか？」

アーネストはものすごく真剣だ。でもこうした話題は、はっきり言ってフレデリックは超がつくくらい苦手だった。

「待ってください、殿下、待って」

「教えてください。困っているのです」

「未知の行為に怯える殿下のお気持ちはわかります。ですが、私は受け入れる方の行為は未経験で、お答えしかねます」

「ああ、そうなのですね。では経験がある方を紹介してくださいませんか。そうだ、あなたの奥方は？」

「いや、いやいやいやいや、フィンレイもきっとそうした話は苦手です」

苦手かどうかは知らないが、そう言うしかない。自分の妻が、同性婚の先輩として閨事《ねやごと》の教授をするなんて、とんでもないことだ。フィンレイはフレデリックとの行為しか経験がない。夫婦の営みを包み隠さず話すということになる。

そんな事態は絶対に避けたい。フレデリックに露出趣味はないのだ。

「えーと、タイラーの方に知識があれば、なにも問題はないと思いますよ。殿下は彼にすべてを任せればいいのです」

「……タイラーが経験豊富だとは思えません」

アーネストはムッとした顔になり、俯いた。恋人の過去に嫉妬している表情だ。思えない、というか、思いたくないのだろう。

楚々とした風情《ふぜい》のアーネストだが、頭の中は年頃の青年にふさわしく、生々しい欲望でいっぱいらしい。手を伸ばせば届くところに恋人がいるのだから、なおさらだ。

「僕は彼を愛しているのです。はやく、身も心もひとつになりたい……」

切ない欲をこぼすアーネストは、健全な成長を遂げたということだ。

アーネストが住む離宮には、子供のころから仕えていた侍従と侍女が揃っていると聞いた。信用がおける、口が堅い者ばかりだろう。寝室にタイラーを引っ張りこんでも、おそらく外部に漏れる心配はない。

（これはとっととできあがってもらわないことには、こうした愚痴《ぐち》をこの先も聞き続けることになりそうだぞ……）

フレデリックは困惑しながら、どうするべきかと考えた。

そこに、王城の侍従が、フレデリックの帰りの馬車の用意が整ったと知らせに来た。

「では、アーネスト殿下、私はいったん屋敷に帰ります。このあと殿下はどうなさるご予定ですか」

「私はついでに後宮の母に会っていくつもりです。夜はメルヴィン殿の屋敷にすこし顔を出す予定です」

「わかりました。ではまた、夜に」

控えの間を出ると、扉の横にタイラーが立っていた。いつもの厳つい顔で、目の前を通り過ぎていく侍従や侍女たちを無言で牽制《けんせい》している。アーネストだけに仕える、忠実な近衛騎士だ。

「タイラー、すこしいいか」

小声で話しかけると、ちらりと横目で見てきた。

「なんでしょうか」

「君の大切な主のことだが」

ピクリ、とタイラーの眉が反応する。

「恋人との距離の詰め方に悩んでおられるようだ。先に進みたいと私に打ち明けられた。年上の君が積極的に進めてあげたらどうだ？」

たぶんこの近衛騎士は、いざとなったら怖じ気づいて引くのだろう。だからアーネストが焦れている。なにせ十年も忍耐強くアーネストを見つめてきた男だ。

「……なぜ主は、あなたにそんな相談をされたのでしょうか」

疑われてしまった。面倒くさい恋人たちだ。

「本来なら、私は他人の色事に口出ししない性格だ。せざるを得なくさせているのは君の主だからな。とりあえず、いちおう助言はした。悶々としている殿下を、君がどうにかしたまえ」

それだけ言い捨てて、フレデリックはその場を離れた。

まったく、王太子問題に一応のメドが立ったというのに、こんな面倒くさい私事で頭を悩まされるなんて。

苛々しながら王城をあとにした。

このあと屋敷で一休みしてから、メルヴィンの屋敷に行くことになっている。国王の言質が取れたことを報告するのだ。そのあと、たぶんメルヴィンの知らせを受けたアーネストの支援者たちが集まってくる。

祝宴のようになったら、こちらもまた面倒だが、中心人物となってしまった自分が早々に抜けるわけにはいかないだろう。ゆっくり眠りたいと、自分の方がだれかに愚痴りたい気分だった。


「また留守なのか？」

屋敷に着いたフレデリックは、フィンレイの不在を聞いてギルバートを睨みつけた。ギルバートはわずかに腰を折って斜め下を見ている。

「いつ出かけた？」

「正午よりすこし前だったと思います」

フレデリックは上着をまとったままカウチに座った。

「旦那様、上着を」

返事をせずに考えこむ。次から次へと問題が起こるのはなぜだ。なにか悪いことをしたか？　いいかげんにしてくれと声を荒げたくなったが、ぐっと我慢した。

「それで、フィンレイの行き先は？」

「ご実家とお聞きしましたが、本当かどうかはわかりません」

ギルバートの返答はそっけない。苛立ちながら、さらに質問する。

「帰りの時間は？」

「夕食までには、と」

「だれか供はつけたのか」

「つけていません」

「ひとりで出かけたというのか」

「そうです」

「このあいだも出かけていたが、どのくらいの頻度で外出しているのか」

「最近はほぼ毎日です」

カウチの座面を拳で叩き、フレデリックは立ち上がった。

「フィンレイは私の、ディンズデール地方領主の妻だぞ。さらに王子だ。護衛どころか供のひとりもつけずに外出させるなど、非常識にもほどがある。おまえはなにを考えているのだ！」

ついに大声を出したフレデリックを、ギルバートは一瞬、咎めるような目で見た。そのあとで頭を下げ、「申し訳ありません」と謝罪する。

目の前で深々と下げられた頭を、フレデリックは苛立ちながら見つめた。ギルバートに罪がないのは、フレデリックが一番よくわかっている。フィンレイに干渉するなと命じたのは自分だからだ。

「では、今後フィンレイ様の外出時には供をつけるようにし、はっきりとした行き先と帰宅時間をお尋ねするようにします。それでよろしいですか」

「そうしてくれ」

「それ以外は――」

「いままで通りだ」

ギルバートはふたたびきついまなざしでフレデリックを見てきた。

「旦那様、せめて雑談くらいは許してください。屋敷の使用人たちと気安く言葉を交すことができず、フィンレイ様はお寂しそうです」

「使用人と仲良くする必要はない」

「ですが、領地の城では伯父をはじめ、使用人たちと親しくしていると聞きました。この屋敷ではお子様たちもいらっしゃいませんし、旦那様は留守がちですから、フィンレイ様は話し相手がまったく――」

「私のやり方に口を出すな！」

ギルバートの正論が鬱陶しくて、フレデリックは怒鳴りつけた。酷い態度だと直後に反省したが、吐いた言葉はもう取り消せない。ギルバートがぐっと唇を噛んだのが見えた。

「差し出がましい口をききました。申し訳ありません」

「しばらくひとりにしてくれ」

ギルバートは深々と頭を下げ、静かに居室を出て行った。

ため息をつき、両手で顔を覆う。みっともない。冷静さを失うなんて。

ギルバートをはじめ、この屋敷の使用人たちには、フィンレイとの会話を禁じている。わざとフィンレイを孤独にしようと思ったわけではない。都会暮らしの洗練された男女に、フィンレイに近づいてほしくなかった。ただそれだけだ。

しかし孤独を感じたフィンレイが、屋敷の外へと楽しみを求めたのだとしたら――。フレデリックがしたことは、間違っていたわけだ。

いま、この屋敷の中にフィンレイがいない。それが無性に腹立たしかった。

領地にいたあいだは、なにも心配することがなかった。フィンレイがひとりで外出することなどなく、いつも子供たちといっしょに城の居住区にいた。たまに外に出るのはフレデリックといっしょの公務だったり、ライアンを連れて狩りに出かけたりするときだけだった。

（どこに行っている、フィンレイ……）

もともとフィンレイは王都育ちだ。一年半前、フレデリックのもとへ嫁いでくるまでは、ここで暮らしていた。商売をしている祖父の家で、庶民とあまりかわらない暮らしをしていたのだ。十代のころに数年間だけ留学していたフレデリックとは、土地勘がちがう。出かけた先は、本当に実家かもしれない。単に肉親に会いに行っているだけかもしれない。友人知人もたくさんいるのだろう。フレデリックの知らない交友関係に、みっともないと思いながらも胸がもやもやする。さすがに、友人知人に会うな、と命じるわけにはいかない。

フィンレイの帰宅を待ち、詳しい話を聞きたいと思った。しかし、メルヴィン邸に行かないという選択肢はなかった。

「くそっ」

靴の踵で絨毯を蹴る。そろそろ着替えて出かけなければならない。仲間たちに報告して苦労をねぎらい合い、今後のためにも結束を固める。そのあとアーネストを囲んでの祝宴になるだろう。もちろんタイラーもくっついてくるにちがいない。

そうだ、と思いついてフレデリックは寝室へ行った。天蓋つきの寝台の横に、チェストがある。引き出しのひとつを開けると、ずらりと並んだ白い陶器の小瓶が出てくる。領地の城では、毎晩のように使用していた、性交専用の香油だ。

おそらく産地と商品名をギルモアから聞いたギルバートが取り寄せ、ここに置いたのだろう。フレデリックはなんら指図していない。引き出しにぎっしりと詰まった小瓶を、しばし眺めた。

フィンレイと二人で王都のこの屋敷に来てから、もう三週間以上になるだろうか。アンドレア王太子の訃報が届いてからは、四週間とすこし。そのあいだ、一度もフィンレイを抱いていない。忙しすぎて、考えることが多すぎて、それどころではなかった。

フィンレイは一カ月も夫婦の営みがないことを、きっと不満に感じているにちがいない。けれどそれをだれかに漏らすような性格をしていない。たぶん一人で悩んでいる。

可哀想《かわいそう》なことをしているかもしれない、とフレデリックはやっと妻の気持ちに思いを馳せることができるようになった。

（ギルバートは……）

一本も使用した形跡がないことを、ギルバートはどう思っているのだろうか。

さっきは怒鳴りつけてしまった。フィンレイに同情しての発言だった。なんら間違ったことは言っていないのに、忠実な使用人の気遣いを無下にしたのだ。主人として最低の態度だった。有能な使用人は貴重だ。フレデリックに失望して、屋敷を辞めると言い出されたら困る。

地の底まで思うぞんぶん落ちこみたいところだが、そんな余裕はない。

フレデリックは小瓶を数本、鷲掴みにして手巾で包み、コートの隠しに入れた。アーネストに進呈するのだ。二人は香油の準備などしていないだろうから、余計なお世話と知りつつもフレデリックから贈ろう。とっとと、身も心もひとつになってもらいたい。使い切ってしまったら、あとは自分たちで用意するだろう。

「旦那様、なにをなさっているのですか」

背後からギルバートの声がかかった。フレデリックは引き出しを元に戻し、「なにもしていない」と振り返る。しかし歩き出すと、コートの隠しでカツンと小瓶と小瓶が触れる音がした。

「香油の瓶ですね。どこでなにをなさるおつもりですか」

咎めてくる目は、もう浮気と決めつけている。フレデリックの横暴な態度から、ギルバートはすっかりフィンレイの味方になったようだ。妻を敵視するよりはよほどいいが、いまは香油の使途を説明できない。

「私が使うわけではない」

「本当ですか」

「本当だ。嘘は言わない」

ひとつ息をつき、フレデリックはギルバートの前に立った。視線を下げて、「さっきは悪かった」と謝罪した。

「苛立ちにまかせて感情的なことを言ってしまった。反省している」

「そんな、旦那様が私などに謝る必要はありません」

「いや、私は間違っていた。フィンレイについては、あらためて話し合おう。いまのままではよくない。私の心の狭さが原因だとわかっている」

「旦那様……」

「とりあえず、私は今夜予定がある。フィンレイが帰ってきたら、外出先を聞き出してくれないか」

それだけを頼み、フレデリックは屋敷を出た。

◇

ひとりきりの夕食後、フィンレイは自分の部屋にこもって報告書を作成していた。

料亭でのディミトリアスの振る舞いは、よほどの権力者でなければ大事になっていたほどのものだ。備品の被害だけでなく、数人の従業員がケガをしているし、暴言も凄まじい。

　帳面に書き殴った文章を、丁寧に清書していく。書きながら話してくれた従業員たちの様子を思い出し、気持ちが同調しそうになってしまうが、なんとか堪えた。できるだけ客観的になるように、文章にまとめなければならない。

　集中して文机に向かっていると、扉がコツコツと叩かれた。部屋に入ってきたのは、ギルバートだった。

「フレデリックが帰ってきたのですか？」

「いえ、ちがいます。じつは、話がありまして……」

　ギルバートはちらりと文机の上を見て、「お忙しいようでしたら、あらためて明日にでもお時間をいただけないでしょうか」と聞いてくる。フィンレイは慌てて広げていた紙を伏せ、帳面を閉じた。

「これは気にしないでいいです。あらたまって、話ってなんでしょうか」

　いままで用事があるときだけ、しかも最低限の言葉でしかフィンレイに話しかけてこなかったギルバートが、なにやら真剣な顔でわざわざ部屋まで来たのだ。なにか事情があるにちがいない。

「本当によろしいのですか」

「こっちに来てください」

　離れていては話しにくい。フィンレイが文机の前から動いてソファに腰掛けると、ギルバートはテーブルを挟んだ場所に立った。そしてきれいに腰を折り、頭を下げる。

「申し訳ありませんでした」

　いきなり謝罪され、フィンレイは何事かと目を丸くする。

「なんのことです？」

「フィンレイ様がこのお屋敷に来られてから、今日で二十六日になります。旦那様に命じられていたとはいえ、私の態度は使用人にあるまじきものでした。フィンレイ様をご不快にさせてしまった非礼を、心よりお詫びいたします」

「……え……？」

　いまの言葉の中に、引っかかるものがあった。頭の中で復唱して、フィンレイは「ん？」と首を捻る。ギルバートが言う「旦那様」とはフレデリックのことだ。「旦那様に命じられていた」とは、いったい――。

「どういうことですか」

「じつは、旦那様からフィンレイ様と必要以上に会話をしてはいけない、と命じられておりました」

想像もしていなかった話に、フィンレイは唖然とした。ギルバートは沈痛な面持ちで続ける。

「それだけではありません。目を合わせてはいけない、二人きりになってはいけない、もちろん体に触れてはいけない、話しかけられても一言か二言で返すように、と細かく禁止事項が作られていました。私だけでなく、屋敷の使用人すべてに対してです」

「フレデリックが……なぜそんなことを……」

愛する夫が、故意にフィンレイを孤立させようとしていたなんて、信じられない。けれどギルバートがこんな嘘をつくとは思えなかった。

「旦那様は悪意があってフィンレイ様にだれも近づけたくないと考えたわけではありません。ただ、愛情が強すぎて、独占欲が斜めの方向へ向かってしまった結果、私たちにそのようなことを命じたのでしょう」

「……いつから……最初からですか」

「領地の旦那様から手紙が届いたのは、先月のはじめでした。そこには、『もうすぐ一年間の謹慎が解けるので、新年の行事から復帰することが想定される。妻を同伴する可能性が高い。準備をしておくように』と書かれていました。そして、フィンレイ様への対応が事細かに記されていたのです」

国葬のために領地を出て王都に着いた日、この屋敷の使用人たちはよそよそしかった。ギルバートは目を合わせてもくれなかった。けれどそれはフィンレイを領主の妻として認めていないからだと解釈した。悲しいことだが、時間がかかっても認めてもらえるように打ち解けられるように頑張ろうと、フィンレイは考えたのだ。

しかし、その後も使用人たちはだれひとりとして会話に応じてくれない。仕事は完璧なだけに、有能な使用人たちに嫌われていると感じて、フィンレイは辛かった。

「では私は、みんなに嫌われていたわけではないのですね……」

呆然と呟いたフィンレイに、ギルバートが「申し訳ありません」とまた頭を下げる。

「フィンレイ様を嫌うなどと、そんなこと絶対にありません。私たちはみんなフィンレイ様とお話をしたくてたまりませんでした。このお屋敷で働く者たちは、みんな領地に縁があるのです。領地でのフィンレイ様のお話を伝え聞いて、お会いできる日をどれほど心待ちにしていたか……。旦那様からのお手紙で接触を禁じられてしまい、私たちは激しく落胆しました。しかし命令に逆らうわけにはいかず、諾々と従うしかありませんでした。フィンレイ様にはお辛い思いをさせてしまい、本当に申し訳ありません」

床に倒れこみそうな勢いで何度も頭を下げるギルバートに、フィンレイは苦笑しながら、「話はわかりました。顔を上げてください」と声をかけた。姿勢を正したギルバートと、しっかりと目を合わせ、微笑みかける。

「打ち明けてくれてありがとう。事の真相がわかってよかったです。あなた方に嫌われていなかったと知ることができて私は安堵しましたが、そうした命令があったことは私に秘密だったのですよね。フレデリックには私から言っておきますから、命令に背いてしまったギルバートにはいっさい罰がないようにします。その点は安心してください」

「いいえ、主人の命に背くなど、使用人にあるまじき行いです。私は甘んじて罰を受ける覚悟です」

潔く言いきったギルバートは目に力があった。さすが王都の屋敷を任されている執事だと頼もしく思う。

しかし、フレデリックの浅はかな考えには脱力してしまう。フィンレイが王都の屋敷の使用人たちと親しくなったからといって、いったいなにが起こるというのか。ここにはギルモアも子供たちもいないから、領地の城よりもフィンレイの自由度が高い。まさか使用人との浮気を心配したのだろうか。

（バカバカしい……）

変なところで独占欲を発揮しなくとも、フィンレイの心はもうフレデリックでいっぱいで、ほかのだれも入りこめる余地はない。余計な心配だ。むしろフィンレイの方が、フレデリックの浮気を心配しているというのに。

　アーネストの香りをまとって帰宅するフレデリックに、フィンレイがどんな気持ちになっていたか考えなかったのか。いや、どこか鈍感なところがあるフレデリックのことだ、移り香にまったく気付いていないのかもしれない。

　頭が痛くなってくる。大きなため息をついたところで、ギルバートが聞いてきた。

「フィンレイ様、話は変わりますが、いくつかお伺いしたいことがあります。よろしいでしょうか」

「なんですか？」

「最近、外出が多いように見受けられます。どこへ出かけられていたのか、行き先を教えてもらうことはできますか。それと、ときどき裏口にフィンレイ様を訪ねて来る髭面の男は何者ですか」

　当然の質問だ。フレデリックの命令がなかったなら、もっと早い段階で聞いていただろう。フィンレイは文机の上をちらりと見遣ったあと、しばし考える。

　真摯な態度で心を開こうとしてくれているギルバートを、信じてみようと決めた。立ち上がり、文机に伏せていた書きかけの報告書を取ってくる。ギルバートに差し出した。

「私が見てもよろしいのですか」

「見てもらった方が早いので」

戸惑いながらギルバートは紙面に目を通し、顔色を変える。

「これは……」

「さっき書きはじめたばかりだから途中ですけど――私はここ数日、ディミトリアスの素行調査をするために街に出ていました」

「フィンレイ様が、なぜそのようなことを……」

「フレデリックのために、なにかしたかったからです」

王都に来てからフレデリックがなぜ多忙なのか、なにを目指しているか、詳しい説明を受けていなくともギルバートは理由を察しているはず。

だからフィンレイがなぜディミトリアスの素行調査をしたか、わかるだろう。

「私はフレデリックの妻です。自分では一人前のつもりでしたが、彼にとってはまだまだ頼りない青二才なのでしょう。仲間には入れてもらえませんでした。でも仕方がありません。実際、私は世間知らずの十九歳です」

「それはちがいます、フィンレイ様。旦那様はきっと、愛する妻を政争の渦に巻きこみたくなかったのだと思います。余計な心労をかけたくなくて、あえて――」

「その扱いは、女性や子供に対するのとなんら変わらないとは思いませんか」

フィンレイがやんわりと言い返すと、ギルバートは黙った。

「私を訪ねてきた男はデリックといって、協力者です。私の祖父が懇意にしている人物なので、あやしい者ではありません」

「そうでしたか」

「デリックはまだ調査を続けてくれています。私は今日までにわかったことを先に文書にまとめようと、こうして形にしているところでした。子供扱いされて、仲間はずれにされていることに腐ってばかりいても、なにも解決しませんから。自分なりに考えて、フレデリックの役に立ちたいと思いました」

「フィンレイ様……」

ギルバートが微笑みながら報告書を返してくれる。

「領主の妻として、素晴らしいお心がけだと思います。私は感動いたしました。きっと旦那様は大喜びされると思います」

「そうでしょうか。だってこの報告書、無駄になるかもしれないんです。私の独断で調べただけですから。ただの自己満足で終わるかもしれません」

「それでも、フィンレイ様のそのお気持ちは、絶対に旦那様に伝わります」

「そうだったらいいなと、思っています」

ギルバートに肯定されて、フィンレイは励まされた。

「よし、頑張って報告書を完成させます」

「まだお休みにはなりませんか」

「もうすこし進めます」

「ではいくつか追加のランプをお持ちいたします」

「ありがとう」

「ですが、あまり根をお詰めになりませんように。ほどほどのところでお休みになってください」

笑顔で頷き、フィンレイは文机に向かった。ギルバートはいったん部屋を出たが、すぐに油をたっぷり入れたランプをふたつも運んできてくれた。

「おやすみなさいませ」

「おやすみ」

静かにギルバートは部屋を去って行く。フィンレイは集中してペンを動かし、報告書の続きを進めた。丁寧に文字を綴っていく。

切りのいいところで休もうと思っていたが、結局は最後まで書き切った。終えたときには、ペンを握っていた手も、目も疲れていた。肩も凝っている。紙の束をきれいに揃えて穴を開け、紐でくくった。

「できた……」

立ち上がって全身で伸びをし、深呼吸する。充実感でいっぱいだった。

いつもの就寝時間をとうに過ぎていたが、興奮しているのか眠気は遠い。冊子状にまとめた報告書を頭上に掲げたり抱きしめたりして、ひとりでクスクスと笑った。

フレデリックの調査結果と合わせてフレデリックに見せた方がいいのはわかっているが、すぐにでも見せたい。先にこれを渡しても構わないのではないだろうか。

フレデリックはまだ帰っていない。こんな時間まで帰らないのは、はじめてかもしれない。フィンレイは夫が帰宅するまで、寝ないで待っていようかと思った。

喜んでくれるだろうか。ギルバートは「大喜びする」と予想した。

抱きしめて、くちづけてくれたら嬉しい。明日の夜は、もしかしたら、寝台に誘われるかもしれない――。

そこまで想像して、フィンレイはドキドキしてきた。

「あ、そうだ」

報告書の冊子を小脇に抱えたまま、ランプを片手に、そっと廊下に出る。深夜の廊下はしんと静まり返っていて、人気はない。フレデリックの居室へ入り、寝室まで進んだ。ランプの灯りを頼りに、暗い寝室の中を進む。寝台横のチェストの引き出しを開けた。性交用の香油が、まだちゃんと入っているか確認しておきたくなったのだ。

「えっ……？」

引き出しいっぱいに入っていた白い小瓶が、明らかに減っていた。ランプを近づけて、よく見てみる。ぎっしり入っていたはずなのに、隙間がある。五本分くらいだろうか。

フィンレイは使った覚えがない。

ランプを持つ手が、カタカタと震えはじめた。頭からサーッと血の気が引いていくのを感じる。フィンレイは慌てて寝室を出た。なにかから逃げるように、自分の居室に戻る。

文机の上に冊子を放り、ランプも乱暴に置いた。そのままの勢いで寝室に駆けこみ、自分の寝台に倒れこむ。布団の中には温石《おんじゃく》が置かれていて温かい。それなのに、フィンレイは震えが止まらなかった。

フレデリックがどこでだれを相手に香油を使ったのか、恐ろしくて考えられない。

早く帰ってきてほしい。疲れて不機嫌になった顔でいいから、見て安心したかった。

しかし。

その夜、フレデリックは帰らなかった。結婚後はじめてのことだった。

眠れないまま夜が明けてしまい、フィンレイはぼうっとする頭を振りながら寝台を下りる。カーテンが閉まったままの薄暗い部屋の中でのろのろと着替えていると、ギルバートがやってきた。

「おはようございます」

「……おはよう……」

ギルバートの手によってカーテンが開けられる。冬の朝日が眩しいくらいに注いできて、寝ていない目には辛かった。ギルバートはフィンレイの様子から察するものがあったのだろう、カーテンを半分だけ閉めてくれた。

「ギルバート」

「はい、なんでしょう」

「……フレデリックは？」

確認のために聞いてみた。もしかしたらこっそり帰ってきて、自分の寝室で寝ているかもしれない。

「まだお帰りになっていません」

「そう……」

がっかりしながら、「なにか連絡はあった？」と続けて尋ねる。

「明け方にメルヴィン・ミルフォード邸の使いが来ました。旦那様はそちらでお休みになられているそうです」

たぶんそれは事実だろう。メルヴィンが友人の不貞の共犯者でなければ――。

フィンレイは頭を一振りして、気分を変えようと深呼吸した。いけない兆候だ。だれもかれもを疑うような心境に陥ってはいけない。食欲は感じなかったがとりあえずなにか腹に入れよう、とダイニングルームへ行く。

ギルバートが引いてくれた椅子に腰を下ろし、朝食はスープだけにしてほしいと頼んだ。

「食欲がないのですか」

「あまり眠れなかったから」

「かしこまりました」

ギルバートが頷いて、給仕係に耳打ちしてくれる。フィンレイはスープを飲んだ。そのあと熱い紅茶にミルクをたっぷり入れたところで、ギルバートが来客を告げてきた。

「裏口にデリックと名乗る髭面の男が来ているそうです」

即座に立ち上がり、フィンレイは裏口へと急ぐ。ギルバートもついてきた。

警備兵といっしょに、デリックは裏口で待っていた。娼館に用心棒として潜入しているていた。

デリックは、朝まで仕事をしたあとここに来たらしい。いかにも柄が悪そうな風体を装っていた。

「おはようございます、フィンレイ様」

礼儀正しく頭を下げる所作が、その風体と合っていなくてすこし滑稽《こっけい》だ。

「なにかわかったの？」

「証拠が手に入りました」

デリックが懐から紙の束を出した。それを受け取り、フィンレイは目を見張る。汚職の重要な証拠となる、ディミトリアスの署名が入った証文だった。さらに、色々な委任状や血判《けっぱん》が押された契約書もある。

「すごい……。これをいったいどこで？」

「ディミトリアス殿下の愛妾とも言える娼妓が隠し持っていました。殿下はその娼妓との付き合いが長く、完全に信頼していたようです。娼館から出ない、限られた人間としか接触しない、さらに心が通じ合っている娼妓が預かってくれれば、外部に漏れないと思ったのでしょう」

「そんな娼妓を、あなたが騙して奪ってきたの？」

素晴らしい成果を持ってきてくれたデリックに、フィンレイはつい非難する目を向けてしまう。デリックは苦笑いした。

「騙したわけではありません。彼女はみずから、これを俺に渡してきました」

デリックは肩を竦めて、経緯を話してくれた。

「その娼妓は、殿下を切り捨てるきっかけをほしがっていたんです。もう何年も、いつか身請けするからという甘い言葉を信じてきたそうです。けれどもう待つのは疲れたと呟いていました。最初に俺が彼女に殿下の秘密をなにか知っているかと尋ねたとき、突っぱねずにわずかに迷うそぶりを見せたので、脈があると思っていたんです。それで何度か優しい言葉をかけてやって、俺が逃がしてやるという約束を信じたかどうかは定かではないですが、昨夜、これを出してきました」

花街のことは、フィンレイにはわからない。その娼妓の気持ちも、想像でしかわからないので、なにも言えなかった。

「フィンレイ様の旦那様のために、どうぞ使ってください」

「……ありがとう」

紙の束を胸にぎゅっと抱いた。

「本当にありがとう、デリック。中で休んでいって。詳しい話も聞きたいし」

「すみませんが、俺はすぐに娼館に戻らなくちゃならない。その書類が紛失したとディミトリアス殿下に知られたら、娼妓の命が危ない。俺は本当に彼女を逃がすつもりです。すべてが露見するのは夜になるでしょう。明日以降、外に出るときにはかならず腕がたつ護衛を連れて歩くように、旦那様に言っておいてください。窮地に陥ったと知ったディミトリアス殿下が、なりふり構わずに敵対する貴族の命を狙いに行くかもしれません」

「わかった。ありがとう」

「次にいつお会いできるかわかりませんが、お元気で」

「待って！」

急いで裏門から出て行こうとするデリックを止める。これでお別れになるなんて予想していなかったフィンレイは慌てる。

「待って。成功報酬の受け渡しはどうすればいいの？」

「そのうち請求します」

「そんなのダメだ。ギルバート、お願い」

ギルバートが屋敷の中に入っていく。報酬の用意なんて、まだしていなかった。ギルバートになんとかしてもらうしかない。

戻ってきたギルバートは手のひら大の革袋を持っていた。それをデリックに手渡す。ずしりと重そうな感じだった。いくら入れたのか、あとで聞かなくては、とフィンレイは思う。

「あなたの正体はフィンレイ様から伺っています。わが主のために危険な依頼を受けてくださって、本当にありがとうございました」

深々と頭を下げるギルバートに、デリックはニッと笑っただけだった。

「じゃあ、またいつか、お会いしましょう」

デリックは颯爽と去って行った。

証拠となる書類を大切に抱え、フィンレイは自分の部屋に入る。文机の上に置いてある報告書の下に、それを挟んだ。

フレデリックが一晩帰ってこなかったことはフィンレイを打ちのめしたが、今日はいいこともあった。ディミトリアスの素行調査と、汚職の証拠。これだけ揃えば、正面から糾《きゅう》弾《だん》できる。ディミトリアスを正しく失脚させることができれば、今後のフレデリックの負担は確実に減るだろう。

いまごろフレデリックはどこでだれといっしょにいるのか。本当にメルヴィンの屋敷にいるなら、それほど遠くない。はやく帰ってきてほしい。この書類を見せたい。

愛する夫がいつ帰宅するかわからない状況が、こんなにも辛いものなのかと、フィンレイは唇を噛みしめた。

◇

朝日が目に染みる。フレデリックは二日酔いに冒された体をのろのろと動かし、身支度を整えた。客室を出ると、屋敷の主人であるメルヴィンが待っていた。

「よく眠れたか？」

「胃がムカムカする」

「健康な証拠だ」

快活に笑うメルヴィンは、昨夜フレデリックとおなじくらいの酒量をすごしたはずなのに元気だ。学生のころからメルヴィンは酒に強かった。

「ほかの客たちは？」

「半分ほどはもう帰った。いま順番に起こして回っているところだ」

昨夜はこのメルヴィンの屋敷にアーネスト派の若い貴族が集まり、酒宴が開かれた。予想通りではあったが、遅くとも日付が変わる前に帰るつもりだったのに、結局は帰りそびれた。

フィンレイと話がしたかった。屋敷に戻ったときにフィンレイがすでに就寝していたとしても、朝食をいっしょに取り、ひさしぶりに夫婦の時間を持ちたいと思っていた。

それがなんと朝帰りになってしまうとは――。

(いや、朝というか、もう昼だ……)

なかば呆然としながら玄関へ向かう。会合が酒宴に移行したとき、盛り上がる前にさっさと帰るべきだった。

「すべてがうまくいってよかったな」

帰ろうとするフレデリックを引き留めた仲間たちの筆頭であるメルヴィンは、まったく悪びれることなく歩調を合わせてニコニコしている。

「しかし、どうやって説得したんだ?」

「なんのことだ」

「国王陛下のことだ」

「……アーネスト殿下のお気持ちが通じただけだ。陛下は理解してくださった。政略的な結婚はできない、潔癖なお方なのだと、私からも説明させていただいた」

「おまえは政略的な結婚でも幸せになったクチだからなぁ。説得力はあったのか?」

いまここでフィンレイのことを持ち出され、頭痛が増した。

はじめての朝帰りを、妻はどう思っているだろう。きっと不機嫌になっているにちがいない。ここのところ顔を合わせれば険悪な雰囲気になっていたから、なおさらだ。だからこそ、昨夜は早く帰宅して夫婦の時間を持とうとしたのだ。

（まあ、大丈夫だろう）

多少のすれ違いがあっても、自分たちはまぎれもなく夫婦だ。このくらいの諍いは、すこし話をして抱きしめれば解消されるていどのことだろうと、フレデリックはあまり深刻には考えていない。

自分の屋敷から持ち出した香油の小瓶は、昨日、アーネストに渡すことができた。人目を避けてそっと手渡したとき、アーネストはそれがいったいなんなのかわからないようだった。

性交用の香油だと小声で囁くと、アーネストの白い顔がサッと赤く色づいた。それは見事な変化で、可愛らしいなと親戚の子を見守るような心地になったものだ。

（昨夜、殿下はあの香油を使われただろうか）

部屋の外で律儀に待っていた近衛騎士の厳つい顔を思い出す。二人は体格に差があるので、タイラーには慎重にことを進めてもらいたかったが、どうだろう。募りすぎた想いはときに体を暴走させる。無茶はしなかっただろうか。タイラーは経験豊富なようには見えないので、アーネストがケガをさせられていないか気になる。

（まあ、そこまで私は責任を負えないな）

　年長者として閨の作法まで手取り足取り教えるわけにはいかない。あとは二人で試行錯誤をしながら想いを深め合っていってほしい。

「今後の憂いはディミトリアス殿下だな」

　メルヴィンがちらりと横目で見てくる。フレデリックは頷いた。

「どう出るかだ。どこからか、ご自分が負けたことを耳に入れて、なにか仕掛けてくるだろうか」

「潔く身を引いていただきたいが、そううまくはいかないと思う」

　本来なら三番目の王子など王位に就けるはずもなかったのだ。それが第一王子が廃嫡され、第二王子が不慮の事故で他界。突然、王位が目の前に転がりこんできた。一度手が届くところまで近づいた玉座を、そう簡単に諦められるとは思えない。ディミトリアスのような俗物なら、なおさらだ。

　なにか仕掛けてくるかもしれないが、いまのところは用心するしかない。

　フレデリックを中心とするアーネスト派の貴族たちは、とにかく昨日まで根回しに必死だった。ディミトリアス対策といえば、自分たちの動きが察知されて妨害されないように用心することくらいだった。

「あの殿下は叩けば埃《ほこり》が出る身だ。ちょっと調べれば不正の証拠やらなにやらがザクザクと出てくるだろう。明日からさっそく動いて、ディミトリアス殿下を黙らせるだけのネタをかき集めよう」

メルヴィンの提案に、フレデリックは同意した。本当はいますぐにでも動きはじめたいところだが、あいにくと体調が万全ではない。調査を依頼する人選をしようにも、満足に頭が働かない状態だ。

しかし今日はこのあとも予定がある。できれば一日ゆっくりして、この二日酔いを治したいところなのだが、王城へ出向いて国王の侍従長と会談することになっていた。

侍従長は昨日の国王とアーネストの対面に立ち会っていた。未婚のままでいいので、アーネストをあたらしい王太子にするという口約束を聞いている。ただの口約束で終わらせないためには正式な書面にし、国王の署名と印を入れてもらう必要がある。

後日、それを議会にかけて大臣たちが承認するという流れになるのだ。

「明日の父上の園遊会には出席するのか」

「そのつもりだ。君も行くだろう？」

「その予定だ」

今回、アーネストを新王太子に推すには、ミルフォードの協力は欠かせなかった。フレデリックは親しい貴族たちを説得してまわりつつ、ミルフォード邸にも通った。国王の決断に最後の一押しをしてくれたのは、ミルフォードだ。

明日の午後、ミルフォード邸で園遊会が開かれる。今年最後の華やかなお茶会となるだろう。招待客の顔ぶれは、ほぼアーネスト派の貴族だ。フレデリックももちろん出席を予定している。

「父上から聞いたが、もしかしたらアーネスト殿下もご出席なさるかもしれないぞ」

「殿下も?」

「さぞかし盛り上がるだろう」

そうだな、と頷きながら、玄関へと向かう。

「じゃあ、また明日」

メルヴィンに見送られて、フレデリックは馬車で帰った。酒が残っている主人の体調を気遣って、御者がゆっくりと馬車を走らせてくれる。普段なら半刻ほどの距離を、倍の一刻かけて屋敷へ戻った。

そのため屋敷に到着したときは、湯浴みして着替え、さらに王城までの移動にかかる時間を考慮すると、あまり余裕がない時刻になっていた。

「お帰りなさいませ」

車寄せで馬車を降りると、ギルバートが待ち構えていた。

自分の屋敷に帰り着いた安堵感から、このまま寝台に倒れこんで二度寝に入りたいという欲求が膨れあがってくる。しかしそんな時間はない。

「湯浴みをしたい。そのあとすぐに王城へ出かける。衣装の支度はしてあるか？」

「すべて整っております。浴室も使える状態です」

フレデリックは急ぎ足で玄関ホールの階段を上がった。上がりきったところに、フィンレイが立っていた。光の加減か、あまり顔色がよくないように見える。

「お帰りなさい、フレデリック」

そう言いながら微笑まれて、はじめての朝帰りにバツが悪いフレデリックは、つい目を逸らした。フィンレイの横を通り、廊下を大股で歩く。フィンレイはついてきた。

自分の部屋に入り、上着を脱ぐ。フィンレイが後ろから脱ぐのを手伝ってくれた。

「湯浴みをする」

「用意できているそうです。そのあとは王城ですか」

「そうだ」

朝帰りをしたといっても、なんらやましいことはしていない。もっと堂々としていればいいのに、昨夜だけでなく王都に来てからずっとフィンレイを放置していた後ろめたさが、正面から彼を見られなくしていた。

そそくさと寝室奥の浴室へ入る。フィンレイはそこまではついてこなかった。

適温の湯に浸かり、汗と埃と酒を洗い流す。さっぱりして気分が切り替わると、自分の卑屈な態度が引っかかった。ディンズデール家の当主である自分が、領地のために奔走し、その結果すべてがよい方へと向かった。

酒宴に巻きこまれて朝帰りしたくらい、なんだというのだ。夫がなにも言わなくとも意図を汲み、黙って受け入れるのが妻ではないのか。

浴槽から出て、濡れた体を布で拭く。ガウンを羽織って浴室を出ると、フィンレイがいた。よく見ると、目が赤い。もしかして寝ないでフレデリックの帰りを待っていたのか。

ドッと罪悪感がこみ上げてきた。

「あ、あの、フィンレイ……」

「昨夜はどこに泊まったのですか」

固い声で詰問され、フレデリックは正直に「メルヴィンの屋敷だ」と答えた。

「昨日の夜はメルヴィンの屋敷に親しい貴族たちが集まったのだ。話し合ったあとに酒宴が開かれてしまい、帰るに帰れなくなった。そのまま客室に泊めてもらった。なにもやましいことはない」

「アーネストに会いましたね」

妙に確信をこめて指摘してくる。会ったのは事実なので、頷いた。

「メルヴィンの屋敷でアーネスト殿下にお会いした。ほんの短時間だ」

「……本当に短時間だったのですか」

「なにが言いたい？」

「あなたの衣装にアーネストの香りが移っていました。よほど近くに体を寄せないと、移りません」

「香り？　ああ、そういえば殿下はいつもいい香りがするな」

そんなこと気にしていなかった。香油をこっそりと渡すときに、たしか体を寄せた。そのときに香りが移ったのだろう。

フィンレイが「いい香りですか」と上目遣いで咎めるように言ってくる。カチンときた。これではまるで浮気を疑われ、糾弾されているようだ。いや、はっきりと疑われている。

「殿下とは内密の話をしたので、体を寄せたかもしれない。けれどそれだけだ」

「至近距離で見たアーネストはどうでしたか。すごくきれいな青年ですよね」

「たしかに殿下は美しい。だが、それがなんだ。なにが言いたい」

苛立ちがどんどん募ってくる。悠長に話している暇はないうえ、二日酔いで頭痛がするし胃が重い。昨日はフィンレイと話がしたいと思っていたが、いまはそのときではなかった。

「寝室に置かれていた香油が減っています。どこでだれと使ったのですか」

「は？」

驚きのあまり硬直してしまった。まさか小瓶を抜いたことを知られているとは思ってもいなかった。

どう答えるべきか、一瞬、言い淀む。アーネストに渡したと言っていいものかどうか逡巡した。譲った相手を打ち明けたら、それが近衛騎士とのあいだで使われるはずだと説明しなければならなくなりそうだ。

どこまで話せるのか、と悩んだ不自然な間を、フィンレイは誤解したらしかった。みるみる頬が紅潮し、目尻が吊り上がる。これほどまでに怒ったフィンレイを見たのは、はじめてだった。

「……どこで、だれと、使ったのですか……」

「だれとも使っていない。人に譲っただけだ」

「譲った？　それを私が信じると？」

「事実だ。寝室から持ち出したのは私だが、使っていない。必要な人がいたから、最初から渡すつもりで持っていった」

「では、それはだれですか」

予想通りの追及に、フレデリックはため息をついた。

「言えない」

「どうして?」

「香油が必要だということ自体、知られてはいけない人だからだ」

「私は他言しません」

フィンレイは他言しないだろう。その点は信用している。しかし、フレデリックが胸に秘めておくと決めたことを、いくら妻とはいえ軽々しく話せるわけがない。

「渡した相手がだれなのか明かしてくれなければ、私は心からあなたを信じられません」

そう言いきったフィンレイに、怒りを覚えた。

「私を信じられないと言うのか」

「信じたいから、本当のことを話してくださいとお願いしているのです」

「話せないと言っているだろう。この話はこれで終わりだ」

振り切るようにフィンレイの前から動く。王城へ出かける支度をするために、衣装部屋で使用人たちが待機しているはずだ。

「フレデリック、私の父には何人も愛妾がいることは知っていますよね」

背中に声がかけられる。もう切り上げたいのに、フィンレイはまだ続けるつもりなのか。

現在の国王ジェラルドは、歴代の王の中でも愛妾が多いことで有名だ。一番あたらしい七番目の愛妾は、まだ二十代後半という若さだ。第一子で廃嫡されたウィルフより、もちろん若い。

「私の母は六人目の愛妾でした。正式な妻がいながら、何人もの愛人を持つ貴族や豪商がいることはよく知っています。男とはそういうものだと、教えられもしました。けれど、すべての妻たちが納得して、そうした立場に甘んじているわけではないことも知っています。母は、七人目の愛妾が後宮に入ったときから、父には会っていません。なにも言わなくとも、傷ついていることは伝わってきました」

真剣な声の響きに、フレデリックは仕方なく振り向いた。紅潮していた頬をいくぶん青ざめさせたフィンレイが、黒い瞳をまっすぐ射るように向けてきている。その純粋すぎるまなざしが、すこし鬱陶しいと感じてしまった。

「私は男です。男ですから、男のあなたが私では満足できずに女性の愛人を作っても我慢しなければならないのだろうと、結婚したときは思っていました。けれど、あなたと暮らしていくうちに愛情が深まっていき、抱いてもらって性の喜びを教えてもらい、だれかほかの人とあなたを共有することなど無理だと考えるようになりました。世の中の女性はみんな強い。母も強い。私にはできません。黙って耐えることなど、無理です」

「フィンレイ、だからさっきから言っているだろう。私は浮気などしていないし、香油は人に譲っただけだ。愛人は作らない」

「では譲った人の名前を教えてください。だれにも言いません」

またため息をつき、フレデリックは思わず天を仰いだ。もう解放してほしい。時間がない。

「なぜそんなにも言わせたがるのだ」

「……私たちのあいだに、そうした行為がなくなってから、もう一カ月以上になります。領地にいたときは、頻繁にあったのに、あなたは男として、その――」

「溜まっていないのかと、そう言いたいのか」

はっきりした言葉で言い直してやれば、フィンレイは俯き加減に黙る。

「私は忙しすぎて、そんなことを考える暇がなかった。けれど、おまえは溜まっているわけだ。自分が欲求不満だから、私を責めているのだな。もしかして最後に抱かれた日から指折り数えていたのか。ずいぶんと暇を持て余していたようだ。ああ、だから頻繁に外出していたのか。そっちこそ、どこぞで王都の男と遊んでいたのではないのか。いや、男とは限らないな。女を抱いてみたくて娼館にでも行ったのか。それでどうだった。女相手に性交できたのか？　私がずいぶんと仕込んでしまったから、おまえの体は女では満足できなかったのではないか？」

本当にそう思っていたわけではない。ただ苛立ちをぶつけるためだけに、揶揄をこめて言い放った。

「夫婦の絆とは、いったいなんだ。たった一カ月、閨事がなかったくらいで夫の愛情を疑うのか。ずいぶんと薄っぺらい信頼だな。失望した」

言い過ぎたか、と我に返って口を閉じたときには、遅かった。

フィンレイの顔が、みるみる白くなっていく。黒い瞳が潤み、大粒の涙がすうっと頬を伝った。こぼれ落ちる涙を拭いもせず、フィンレイは呆然と立ち尽くしたまま、目を見開いている。

色を失った唇が震え、なにか言おうとしたようだったが、声にならない。あとからあとから涙が溢れ、フィンレイの胸元にぽたぽたと落ちて濡らしていく。

「フィンレイ……」

フレデリックは動揺のあまり、なにも言えなかった。泣かせるつもりはなかった。つい苛々して、酷い言葉を投げつけてしまった。本心ではない。

「フィンレイ……その……」

「すみませんでした」

俯いたフィンレイが、絞るように声を出した。絨毯に涙が落ちる。

「すみませんでした。ごめんなさい……」

頭を下げたフィンレイは、そのまま床にうずくまった。ちいさな背中が震えている。苦しげな嗚咽が胸に痛かった。

泣いているフィンレイの姿が、一年前の事件と重なった。

結婚してしばらくたってから、当時の王太子ウィルフがときどきフィンレイに手紙を送ってよこすようになった。フレデリックに一方的な敵対心を抱いていたウィルフは、「フレデリックの弱みや汚点を調べて教えろ。さもないと王都に住む祖父母や母親の生活が脅《おびや》かされるぞ」と手紙で脅《おど》していたのだ。ひとりで悩んだフィンレイは、満足に食事を取ることもできなくなって痩せてしまい、離婚することまで考えた。あのとき、フィンレイは泣いた。

あれほど悲痛な泣き顔を見たのははじめてで、フレデリックはフィンレイへの愛情を再確認し、二度と泣かせない、幸せにすると誓ったのだ。

それなのに、泣かせてしまった。フィンレイを「おまえ」呼ばわりしたことにも気づき、全身に冷や汗が滲む。

「フィンレイ、すまない、私が悪かった。言い過ぎた。その、顔を上げてくれ」

床に膝をつき、丸くうずくまったままのフィンレイの肩に手で触れる。その手をやんわりと外されて凍りついた。フィンレイはふらりと立ち上がると、もう一度深々と頭を下げた。

「すみませんでした。本当に、ごめんなさい」

それだけ告げて、のろのろと部屋を出て行く。入れ替わりにギルバートが様子を見に来た。背後を気にしている。フィンレイとすれ違ったのだろう。

「旦那様、そろそろ支度をなさいませんと」

「わかっている」

「フィンレイ様となにかあったのですか」

あったともなかったとも答えられない。

「くそっ」

下品な悪態をつき、フレデリックは両手で髪をかき混ぜた。いますぐフィンレイを追いかけて謝罪したい。もうすべてを話した方がいい。なにも言わずとも理解してくれるはず、などという考えは、甘えだ。フレデリックはフィンレイに甘えていた。愛されている自信があるゆえに、なにをしても許されると高をくくっていた。どれほど包容力があろうとも、どれほど愛情深くとも、フィンレイはごく普通の十九歳の青年だ。

放置されれば寂しいし、なにも話してもらえなければ疑う。そんなことも忘れていた自分にこそ、フレデリックは失望せずにはいられない。

すべて自分が悪い。愛するフィンレイに、あんな絶望的な顔をさせてしまったなんて。どれほど傷ついただろう。嫌われたかもしれない。謝っても許してくれないかもしれない。また離婚したいと言い出されたらどうしよう。彼がいない生活は、もう考えられないのに。

「旦那様、とりあえず支度をしましょう」

ギルバートに衣装部屋へ引っ張っていかれる。衣装係の使用人が二人がかりで服を着せてくれた。髪を整え、靴を履き、準備ができた。

「フィンレイはどこへ行った？」

「ご自分のお部屋ではないでしょうか」

「顔を見てくる」

このまま外出するのは悪手のように思い、フレデリックはすぐ隣のフィンレイの部屋へ行った。

「フィンレイ？　私だ、開けてくれないか」

扉を叩いたが返事はない。

「私が悪かった。謝るから、話をしよう。開けてくれ」

扉の向こうからは、コトリとも物音が聞こえてこない。もしかして、と扉の取っ手を動かしてみたら鍵はかかっておらず、すんなりと開いた。

「フィンレイ？」

前室にも寝室にもフィンレイの姿はなかった。隠れて泣いているのかも、と寝台の下やソファの後ろも見て回る。どこにもいなかった。サーッと頭から血の気が引く。

あとを追ってきたギルバートに、「いないぞ」と抗議する。

「どこにもいない。部屋にいると言ったではないか」

「申し訳ありません。すぐに探させます」

ギルバートが踵を返して部屋を出て行き、使用人に命じている声が聞こえた。屋敷の中にいるのならいいが、外に飛び出していったのなら探すのは困難だ。王都は広い。しかもフィンレイにとっては地元。友人知人宅に匿《かくま》われたら、フレデリックにはどうすることもできない。

あんな泣き顔のままで外に飛び出していったとしたら。なんて可哀想なことをしてしまったのか。

フレデリックは目眩を覚えてよろめいた。手をついて体を支えたのが、窓際に置かれた文机だった。

「ん？　なんだこれは……」

紐で紙の束を綴じた冊子があった。その上に、便箋《びんせん》が一枚。「フレデリックへ」とフィンレイの筆跡で文章が書かれている。慌てて手に取り、それを読んだ。

『フレデリックへ
さきほどは申し訳ありませんでした。あなたは大義のために多忙を極めているとわかっていたのに私の我慢が足りず、あなたを不愉快にさせてしまいました。反省しています。きっと私の顔も見たくないでしょうから、しばらくお屋敷には戻りません。冷静になれたら戻りますので、それまでは探さないでください。

追伸　この冊子は私が作成したものです。書類とともに役立ててください。

フィンレイ』

置き手紙だった。しばらく戻らないとは、どれだけの時間を指すのだろうか。一日か二日か。もしかして一ヶ月とか？　探すなとは、会いたくないということか。まさか、二度と会わないとか、そういうわけではない、だろうな――。

その可能性がないとは言えない。それほどの暴言だったと自覚している。

よりいっそうの後悔が身に沁みてきて、便箋を持つ手が震えた。

「旦那様」

ギルバートが戻ってきた。

「旦那様、申し訳ありません。フィンレイ様は外出されたようです。門番がお出かけになるフィンレイ様を見ておりました」

ギルバートがいつになく焦燥《しょうそう》感を滲ませて報告してくる。フィンレイの様子が尋常ではなかったからだろう。

「手紙があった」

フィンレイの置き手紙をギルバートに渡す。それを一読したあと、睨まれた。

「旦那様、フィンレイ様となにがあったのですか。まさか朝帰りを咎められて、非を認めることなく言い返したりなさらなかったでしょうね」

「夫婦の会話を立ち聞きしていたのか」

「するわけがありません」

はあっとギルバートは沈痛な面持ちでため息をつき、文机の上の冊子と書類を手にした。

それをフレデリックに差し出してきた。

「旦那様がフィンレイ様を政争から遠ざけたお気持ちはわかります。しかしあの方は国王陛下の王子で、ディミトリアス殿下の弟、アーネスト殿下の叔父にあたるご身分です。醜い欲望や汚い罵《のの》り合いなどフィンレイ様に見せたくないとお考えになったのでしょうが、あの方はもうそれほど子供ではありません。人間の醜い部分など、きっともうご存じですよ」

「……使用人のくせに、出過ぎたことを言うな」

「申し訳ありません」

微塵も悪いと思っていなそうな謝罪をし、ギルバートはせっつくように冊子と書類を突き出してくる。フレデリックは冊子の表紙に書かれた文字を見て、目を剥いた。

「報告書？　なんだこれは。それにこっちは……誓約書と、契約書と、これは血判か？」

これからまさに調査しようとしていたディミトリアスの素行調査と汚職に関する証拠書類が、見事に揃っていた。

「なぜこんなものがここに……」

「フィンレイ様が、旦那様のために集めたものです」

「私のため？」

「旦那様がフィンレイ様をこのお屋敷に残され疎外していたあいだ、あの方はご自分でできることをしようとお考えになったそうです。なにかせずにはいられないと」

「なんということだ……」

　このためにフィンレイは外出していたのか。ひとりで屋敷に残されているあいだ、いろいろと考えたのだろう。そして、そのうち必要になるだろうからと、ディミトリアスの身辺を調べることにした。

　とはいえ、いくら地元とはいえ、これだけの証拠を集めるのは一人では無理だ。手助けしてくれる知人がいたにちがいない。

「フィンレイ様の協力者には、私から謝礼金を渡しました。フィンレイ様のご実家、ジンデル商会と繋がりがある方だったようです」

「なるほど、そうか」

　フィンレイの祖父は平民の中ではかなり裕福で有力者だ。長年、王都で手広く商いをしている。その繋がりの知人ならば、深い信頼関係があったのかもしれない。

　その協力者がいったいどういう人物なのか、気になる。調べていることをディミトリアス側に知られたら命も危うくなるかもしれないのに、協力したのだ。それほどの信頼関係があったという事実に、嫉妬を覚えた。

「旦那様、フィンレイ様の行方は私たちが捜します。まずはご実家に人をやりましょう。それに夜までにはお帰りになるかもしれません。いままでフィンレイ様は外泊なさったことはありませんから」

「……そうだな」

「ですから、旦那様は予定通りに王城へ」

頷いて、フレデリックは冊子と書類を大判の封筒に入れた。

「これは王城へ持っていく。陛下にお見せしよう」

第三王子の蛮行と汚職を目の当たりにし、国王は心を痛めるだろう。しかしアーネストを選んだのは正しかったと思うことができる。こちらとしても、確実にディミトリアスが失脚し、アーネストの地位が盤石《ばんじゃく》となれば嬉しい。

「フィンレイのことは頼む。かならず実家に人をやってくれ」

「わかっております」

「用件が済みしだい、私はまっすぐ帰ってくるつもりだ。今夜こそフィンレイとゆっくり話したい」

「フィンレイ様がお戻りになったら、そうお伝えします」

馬車に乗りこむと、ギルバートが御者に「急いで。けれど安全に」と声をかけた。

「頼んだぞ」

窓から顔を出してギルバートに念を押す。走り出したときにも「頼んだぞ」ともう一度言った。ギルバートは深々と頭を下げて見送ってくれる。フレデリックは焦燥感を抱いたまま、馬車に揺られた。


想像した通り、書類を見た国王は失望もあらわに肩を落とした。

「なんということだ……。これが王子のすることか」

低く呻きを漏らす国王に、フレデリックはかける言葉がない。そっとその場を辞し、隣室で待っていた侍従長とともに場所を移った。

王城の中の行政区に行き、書類を作成する。複数の官吏を交えて文言を考え、国の重要文書にのみ使用する特殊な紙を用いて、正式文書を清書する資格を持つ官吏が丁寧に文字を綴った。文書が完成した時点で、すでに日が暮れていた。

そしてそれを持って国王の居室へ行く。時間を置いたためか、国王は冷静さを取り戻していた。文書に二度、じっくりと目を通し、署名をしたあと印を押した。これで来週の議会を待つのみとなった。

国王の決定を議会が承認しないことは、よほどのことがないかぎりない。議会の参加資格がある貴族たちの半数以上は、アーネストを支持すると約束してくれた。決定が翻ることは、ほぼないだろう。

「ディミトリアスには、明日の朝、私がみずから事の真相を問い質そう」

国王が静かにそう言った。侍従長が気遣わしげに、「ご無理をなさらなくても……」と小声で宥める。

「いや、これは私の責任だ。しっかりと追及したい。ディミトリアスは否認するかもしれないが、これだけの証拠が揃っていては、言い逃れはできないだろう。即日、謹慎を命じることになると思う。その後の処遇は、議会で話し合うつもりだ」

国王は毅然と顔を上げた。おそらくディミトリアスはウィルフのように王都を追放されるだろう。不正に貯えた財産も没収される可能性が大きい。今後、二度と王太子候補に名前が挙がることはない。

「この書類は、フレデリックが揃えたのか？」

「いいえ。私の妻、フィンレイです」

「なんと、フィンレイが」

国王は驚きの表情をしたあと、「そうか……あの子が」と呟いて黙った。

顧みることがなかった十二番目の王子が、じつは機転がきく賢い子だったと知り、いまさら惜しいと思っているのかもしれない。近いうちに王太子となるアーネストと年齢も近い。彼の右腕になってくれれば心強いと考えたとしてもおかしくなかった。

だがなにがあろうと、フレデリックはフィンレイを手放すつもりはない。

(早く帰らなければ)

とりあえず、やらねばならないことは終わった。

フィンレイの居場所は判明したのだろうか。実家にいるのならいい。見つからなかった場合はどうするか。フレデリックは頭の中でいろいろと捜索方法を考えていた。

国王に別れを告げ、フレデリックは一目散に屋敷へ戻った。すでに深夜近くになっていたが、ギルバートは玄関で出迎えてくれた。馬車を降りて早々に、「フィンレイは?」と尋ねる。

「まだお戻りになっていません。ですが、ご実家に滞在していることはわかっています」

「そうか」

帰ってきていないのは残念だが、居場所が判明しているならまだいい。ジンデル商会にはつねに人がいるだろうから、フィンレイが孤独を感じることもないだろう。ひとまず安堵する。

「明日の午後はミルフォード公爵邸で園遊会が催される。私は出席しなければならないが、外せない予定はそれだけだ。夕方になってもフィンレイが戻らないようなら、私が迎えに行こう」

「旦那様がですか？」

「私が行かなくてどうする」

まだフィンレイの怒りが解けていないのなら、人前だろうとなんだろうと膝をついて謝罪する覚悟がある。言葉を尽くして反省していることを伝え、二度と暴言を吐かないと誓い、あらためて愛を囁こう。

そしてフィンレイが聞いてくれるのなら、あたらしい王太子の支援を募った経緯をすべて話そう。香油の行方を打ち明けてもいい。ディミトリアスに関する調査についても、感謝したい。フィンレイのおかげでアーネストの立場が盤石になったと労いたい。

（フィンレイ……）

戻ってきてほしい。私が悪かったと、何度でも謝ろう。

泣き顔はもう見たくない。彼の屈託ない笑顔が見たい、と心から思った。

◇

フィンレイは祖父母の家にいた。

朝帰りしたフレデリックを怒らせてしまい、逃げるように屋敷を出てきた。

王都が地元とはいえ、そう簡単に知人のところへ転がりこむわけにはいかない。まだ王子の身分だったときの方が身軽だった。いまではディンズデール地方領主の妻だ。外で夫と仲違いしたと口を滑らせたら、フレデリックの名に傷がつきかねない。ここにしばらく滞在させてもらって、頭を冷やそうと考えている。

日が暮れる前に、屋敷の使用人がフィンレイを訪ねてきた。言葉は交したことはないが顔だけは知っている若い使用人は、「ご実家にいてくれてよかったです」とホッとしたように笑った。

ギルバートに命じられた男性使用人たちが、王都中のあちらこちらに走ってフィンレイを探しているらしい。面倒をかけて申し訳ないと思ったが、だからといってすぐに戻ることは考えられなかった。

しばらく実家にいるとギルバートに伝えてもらうように頼み、使用人を帰らせた。

「おい、荷馬車が着いたぞ。手が空いているヤツ、こっちに来てくれ」

へーい、と返事をする野太い男の声が眼下から聞こえる。二階の窓から見下ろす中庭は、日が暮れても賑やかだ。いくつものランプが灯り、かなり明るい。

店の使用人たちが、威勢のいいかけ声を響かせながら、通用門から蔵へと荷物を運んでいるのが見える。自分はこんなにも憂うつなのに、みんな元気だなと羨ましくなった。

祖父母が留守で幸いだった。大切な取引相手との交渉のため、一カ月の予定で王都を空けているという。母も帯同していったので、店は番頭が仕切っていた。

商人は逞しい。たとえ王太子が不慮の死をとげて国葬が営まれようとも、いつも通りに商売は続けている。物流は止まらないし、穀物相場は動く。

意気消沈したいまのフィンレイを見たら、きっと祖父は「しっかりしろ」と叱っただろう。祖母と母はたぶん熱いお茶を淹れてくれ、「それを飲んだら戻りなさい」「旦那様とちゃんと話をしてね」と苦笑するだけ。

フィンレイがどれほど傷ついたか訴えても、夫婦の問題は夫婦で解決しろと言われるに決まっている。だから不在でよかった。好きなだけダラダラできる。

「……あんなふうに怒るなんて……」

フレデリックが声を荒げたとき、怖かった。フィンレイが信じられないなどと言ったからだ。けれど香油の行方が知りたかった。あんなもの、いったいだれに譲ったというのか。そんな言い訳、にわかには信じられない。

領主の妻としては、たかが一度朝帰りしたくらいで揺らいではいけないのだろう。夫が多少の悪さをしても泰然と構え、たとえ外で女性に子供を産ませたとしても、ぐっと感情を押し殺して黙って耐えるのが良妻なのだ。

そんなこと、フィンレイとてわかっている、つもりだった。自分はフレデリックの正式な妻で、その地位は確たるもの。何人にも奪われるものではない。しかし、頭で理解していることと感情は別だった。

愛するフレデリックのあの体に、自分以外のだれかが触れたかもしれないと想像するだけで頭がおかしくなりそうだった。女性ならまだいい。けれど男だったら？　アーネストのように美しい男だったら、フレデリックは心を奪われてしまうかもしれない。

そう簡単に離婚はできないが、ぜったいに別れられないわけではない。強い意志があれば可能だ。貴族の婚姻は王家の承認を得て成立する。その逆もしかり。フレデリックがどうしてもフィンレイと別れたいと思うのであれば——。

離婚するなら、フィンレイはディンズデール領から出なければならない。三人の子供たちともお別れだ。ギルモアとも会えなくなる。

それに、フレデリック——。

彼の笑顔を見ることはかなわなくなる。もう二度と、あの腕に抱かれることもなくなる。

あの人の体温と息遣い、汗の匂い、のし掛かってくる重み。フィンレイをめちゃくちゃにする屹立の大きさと固さ。ふたりでともに快楽の渦へ落ちていく一体感。

すべてがなくなるというのか。

十歳のときから好きだった。結婚生活はわずか一年半。フィンレイはまだ十九歳なのに、もう人生は終わったようなものだ。フレデリックのいない世を、生きていたいとは思えなかった。

（別れたくない……）

自分の考えなしの言動のせいで愛を失った可能性を考えると、また涙が溢れそうになってくる。ここに到着するまでに散々泣いたはずなのに、涙の泉は涸《か》れる気配がない。

滲んできた涙を指先で拭い、ぐずぐずと洟《はな》をすすりながら、フィンレイは店の男たちの声を聞くともなしに聞いていた。


商店の朝は早い。フィンレイはひさしぶりに男のダミ声で起こされた。

「おーい、だれだここに荷物を積んだヤツは。邪魔だろうが」

しっかりと窓を閉めていても、中庭の声が響いてくる。静かな商店など流行《はや》っていない証拠だというのが、祖父の持論だ。たしかにそうなのだろう。しかし、昨夜なかなか寝付けなかったフィンレイにとって、ゆっくり朝寝できないのは辛かった。

のそのそと起きだし、枕元の水差しからカップに水を注いで飲む。そうしたら自分が空腹なことを思い出した。昨夜は食欲がなくて食べなかったのだ。よく考えたら昨日は朝からまともに食事を取っていなかった。

「お腹が空いた……」

どれほど落ちこんでも人間は腹が空くらしい。空っぽの胃がくぅぅと情けない音をたてる。フィンレイは部屋を出て、厨房へ向かった。従業員たちの昼食の準備をはじめている料理人に頼んで、朝食の残り物を出してもらう。具だくさんのスープとパンだけだったが、美味しかった。

食事を美味しいと思えるのなら、自分はまだ大丈夫なのかもと、気持ちが前向きになる。

「僕がまとめた報告書と証拠の書類、どうなったのかな。フレデリックは気付いて、見てくれたのかな」

気になってきた。屋敷に戻ろうかな、でも戻ってフレデリックにどんな顔をして会えばいいのかわからないな、そもそも会ってくれるのかな、怖いな……でも戻りたいな、と迷っているうちに昼になった。

従業員たちといっしょに昼食を取ったあと、さて本当にどうしようと中庭の隅っこに置かれた椅子に腰掛けてふたたび考えはじめたところで、「殿下」と聞き覚えのある声で呼ばれた。

「デリック！」

商店の方から中庭に出てきたのは、デリックだった。びっくりして立ち上がる。

娼館に潜入していたときの用心棒らしい格好ではなく、裕福な家の使用人のような小綺麗な服装をしている。昨日の朝、当分は会えないだろうと思いつつ別れたのに、意外なほど早く再会できた。

「どうしたの、デリック」

「それはこっちのセリフですよ。いま店に顔を出したら、番頭さんが殿下がお戻りになっていると言うので驚きました。昨日の今日で、どうしてご実家に？」

聞き返されて、フィンレイは口籠もる。その態度に察するものがあったのか、デリックが苦笑いした。

「調べもののためにしょっちゅう屋敷を留守にしていたことを咎められましたか？　それでご実家に？」

「……うん、まあ、そんなところ……」

そういうことにしておこう。フィンレイの方が最初に突っかかったとは言いたくない。

「デリックはどうしたの？　店に買い物？」

「薬をちょっと」

「どこか悪いの？」

「いえ、俺じゃありません」

デリックは昨日の朝、別れてからのことをかいつまんで話してくれた。娼館に戻り、ディミトリアスを裏切った娼妓を連れだしたところまでは予定通りだったが、王都内の隠れ家に着いたとたん、その娼妓が体調を崩したという。

「まあ、長年の不摂生がたたったんでしょう。発熱しているので熱冷ましの薬湯を飲ませて、滋養のあるものを食べさせて休めば大丈夫です」

ただ回復には春まで時間がかかるかもしれないという。娼妓は世話になった協力者であり、大切な生き証人でもある。

「なにかあったら僕にも知らせて。薬代はこちらが負担するし」

「いえ、いただいた成功報酬があるので足りますよ」

「それとこれとはちがうでしょう」

フィンレイは店の番頭を呼び、デリックには薬代を請求せずにディンズデール家に回すようにと命じた。理由を尋ねられたが、詳しいことは言えない。フィンレイが生まれたときから番頭を務めている壮年の男は、すこし呆れたような顔をしたが「坊ちゃんが言うなら」とそのとおりにすると約束してくれた。

「ありがとうございます」

「デリックが礼を言うことではないよ。でも春まで面倒を見て、その後はどうするつもりなの?」

「郷里まで送っていきます。王都にはもう居たくないと言うので。辛い思いをたくさんしたのでしょう」

そうなんだ、と娼妓の心身の傷を思うと、かわいそうだった。けれどそういう世界があるのは事実で、どうしようもないことなのだと理解するしかない。

また椅子に座ったフィンレイに、「殿下は昨日からこちらに滞在ですか?」とデリックが聞いてきた。

「うん、まあ」

「偶然ですが、ここで殿下に会えてよかったです。お屋敷まで行く手間が省けました」

「なに?」

「例の書類、もう国王陛下の手に渡ったようですよ。殿下の旦那様は仕事がお早い」

「えっ、そうなの？　どうしてそれをデリックが知っているの？」

「ディミトリアス殿下のお住まいに、俺の情報提供者がいるからです」

絶句した。驚きのあまり、しばらく口をばくばくさせることしかできなかった。いったいいつから、どうやって、と疑問がいくつも頭に浮かんだが、それよりもディミトリアスの動きが知りたい。

あの書類が陛下に渡ったとディミトリアスのもとにいる情報提供者にわかったということは、なんらかの動きがあったからだろう。

「おそらく書類は昨日のうちに陛下の手に渡った。そして今朝早く、ディミトリアス殿下は王城に呼び出された。陛下からなんらかの話があったのでしょう。昼前に戻ってきた殿下は非常に機嫌が悪く、家具を壊したり使用人を殴りつけたりして大暴れしたそうです」

「料亭でやったような……？」

「あれは泥酔した上での暴行でしたが、今日は素面《しらふ》です」

そうだった、と頷く。

「問題はここからです。殿下は陛下に市井での王子にあるまじき数々の失態と、明らかな犯罪である不正行為を糾弾されたのだと思います。そして、たぶん、その証拠書類を持ちこんだのが、殿下の旦那様だと知ってしまった」

息を呑んで、フィンレイは立ち上がった。

「殿下の旦那様は、仕事はお早いが脇が甘いですね。一年前に命が狙われたことを、もうお忘れになったようだ。こういうときは自分の仕業だとバレないように慎重に動くべきなのに、そうしなかった。とにかくディミトリアス殿下は殿下の旦那様によって追い落とされたと知ってしまった」

「あれを用意したのは僕とデリックなのに！」

「そんなことディミトリアス殿下には関係ありません。陛下に渡した人物が、殿下にとっての悪です。一年前のウィルフ殿下のときと同様に、ディミトリアス殿下も財産没収、身分剥奪のうえに王都を追放されるかもしれません。陛下を怒らせたらそうなるとわかりそうなものなのに、どうして悪事を重ねるんでしょうね。馬鹿なんでしょうか」

デリックはため息をついて頭をぐらぐらと揺らしている。

「ディミトリアス殿下は、報復を計画しているようです。金さえ出せばなんでもやる最低の集団に連絡を取ったことがわかっています」

ザッと頭から血の気が引いた。目の前が暗くなり、膝から力が抜ける。倒れそうになったところを、デリックが支えてくれた。

「殿下、いまは呑気に倒れている場合ではないですよ」

「そう、そうだね……」

　しっかりしないと、と両足で踏ん張った。

「暗殺者と契約が成立しても即日動き出すかどうかは不明です。そうした汚れ仕事を専門に引き受ける輩は、わりと慎重ですから。けれど、中途半端に命知らずな輩は、たいした下調べをせずに突進していくところがあります。警戒するにこしたことはありません。旦那様の今日明日のご予定は？」

「え……と、今日はたしか園遊会。ミルフォード公爵邸で、午後に――」

　いま何時だろう、と中庭に面した部屋を覗きこむ。そろそろ支度をして出かける時刻だろうか。

「ディミトリアス殿下の処分がはっきりするまでは、身辺に注意をした方がいいでしょう。屋敷に閉じこもるか、金に糸目をつけずに護衛を増やして一刻もはやく領地に戻るか。その場合は、俺がいくらでも信用できて腕の立つ護衛を集めますよ」

「そのときは頼むかもしれない」

「任せてください」

「教えてくれてありがとう」

　デリックに礼を言い、フィンレイは実家を出た。運よく乗り合い馬車を拾えたので、急いで屋敷に戻る。どんな顔をして会えばいいのか、などと悠長なことを言っていられない。

屋敷の前で馬車を飛び降り、門から玄関まで走った。息せき切って玄関ホールに飛びこむ。掃除していた使用人たちが驚いて注目してきた。

「フィンレイ様、お帰りなさいませ」

ギルバートがすぐに奥から出てきた。フィンレイを見て笑顔を浮かべかけたが、肩で息をしている様子に「どうなさいましたか」と不審そうな表情になる。

「ただいま。あの、フレデリックは？」

「旦那様は、さきほどお出かけになりました。予定通り、ミルフォード公爵邸の園遊会です」

遅かったようだ。

「どのくらい前？」

「半刻ほどです」

間に合いさえすれば、事情を説明して欠席することは可能だっただろうし、どうしても出席しなければならないなら護衛を増やすことができた。半刻もたっているのなら、いまから馬で追いかけても、途中で捕まえることはできない。移動途中で襲撃に遭わなければいいが――。

デリックは、契約が成立しても即日動くかどうかはわからないと言っていたが、フィンレイは嫌な予感がした。自棄《やけ》になったディミトリアスが、手練《てだ》れの暗殺者に仕事を依頼するだろうか。とにかくすぐに動いてくれる、ならず者に金を渡したかもしれない。

園遊会の場に突撃するような無謀な輩だったらどうする。フレデリックだけでなく、ミルフォード公爵も危険だ。メルヴィンも出席しているかもしれない。ほかの貴族だって。

「行こう」

フィンレイは決断した。階段を一気に駆け上がり、自分の部屋へ行く。寝室のチェストの引き出しを開けた。フレデリックの寝室のチェストには香油瓶が並んでいるが、フィンレイのチェストには――。

銀色に光る短銃が入れてあった。領地の訓練場でいつも使っていた、装飾がいっさいない簡素な意匠の短銃だ。それを取り出し、銃弾がこめられていることを確認した。

「フィンレイ様、それをどうなさるおつもりですか」

後ろからギルバートが問いかけてきた。フィンレイは上着の隠しに短銃をしまい、「馬の用意を」と命じる。

「いまからミルフォード公爵邸へ行ってきます。フレデリックに危険が迫っているかもしれません」

愕然としているギルバートに、ディミトリアスが暗殺者を雇ったかもしれないと説明する。

「たしかに、昨日の午後、旦那様はフィンレイ様が用意した書類をお持ちになって王城へお出かけになりました。それが、まさかこんなことに……」

「杞憂《きゆう》で終わればいいんですが、わかりません。ギルバートは屋敷の警備兵たちに不審者が現われる可能性を話し、いつもより警戒するように命じておいてください。それと使用人たちにも、出入りの業者に変化がないか目を光らせることと屋敷の施錠を完璧にすることを伝えてください」

「わかりました」

ギルバートが厳しい顔つきで頷き、馬の用意をするために先に部屋を出て行く。

フィンレイは深呼吸して、両手で自分の頬をパチンと叩いた。食事をしっかり取っておいてよかった。寝不足気味だが、大丈夫。

「よし、行こう」

自分を鼓舞するためにもう一度呟き、フィンレイは玄関へ向かった。

◇

ミルフォード公爵邸の庭園は見事だった。

寒い日には雪がちらつく季節だというのに、鮮やかな色の花が溢れている。よく見ると、切り花だった。公爵は花が好きで、敷地内に巨大な温室を持ち、花の栽培を専門とする庭師を何人も雇っているのは有名な話だ。

ディンズデール家の王都の屋敷にも温室はあるがちいさく、室内を飾るための花しか育てていない。

（素晴らしい花だ。フィンレイが見たら、さぞかし驚いて、喜んだだろう）

ふと妻のことを思い出し、すぐに気分が落ちこんだ。バラの花をフレデリックの寝室に持ってきてくれたのは昨日の昼だ。あのとき、どうしてあんな思いやりのない言葉を吐いてしまったのだろうか。

（園遊会が終わったら、まっすぐ帰ろう。フィンレイがまだ戻っていなかったら、私が迎えに行く）

いまも実家で泣いているのでは、と悲しむ妻の顔を想像してしまい、フレデリックはますます憂うつになる。

「フレデリック、なにも飲んでいないのか？」

　メルヴィンがグラスを片手に話しかけてきた。グラスの中の赤い果実酒を美味そうに飲んでいる。本当に酒が好きだな、と呆れた顔で見てしまった。

「できれば熱いお茶がほしいところだ」

「なんだ、軟弱だな」

「うるさい。しかし、素晴らしい庭園だな。君のお父上は本当に花がお好きのようだ」

「好きすぎて栽培に大金をつぎこむのが難点だが、こうして成果を見せつけられるとなんとも言えないな」

「王室にも献上しているのだろう?」

「冬期の王城に花があるのはミルフォード公爵の温室のおかげだと、毎年、国王陛下から感謝の言葉をいただいているそうだ。楽しくてやめられないだろうな」

　苦笑いするメルヴィンの気持ちがわかる。フレデリックもフィンレイに狩りをやめろとは言えない。危険をともなうので心配でならないが、実際に獲物は食卓にあがっているし、フィンレイの楽しみにもなっている。

　それに、城の周辺の山林をくまなく歩くことは、警備の上でも役に立っているらしい。

　余所者が入りこんだ痕跡はないか、天候による地形の変化はないか、野生動物が里に下りてきていないか。狩りのあと、気付いたことをフィンレイが領地の役人に報告しているのを聞いたことがある。

　フィンレイはいつも領地のために、フレデリックのためにいろいろなことを考え、こっそりと動いてくれていたのだ。

（ああ、ダメだ、なにをしていてもフィンレイに繋げてしまう……）

　陰気な顔をしていては招待客失格だ。わかっていても塞いだ気持ちは晴れない。フィンレイに謝って、ふたたびあの朗らかな笑顔を見るまでは、慣れたはずの作り笑顔すら無理らしい。

「どうした、フレデリック。なにかまだ問題でも？」

「ああ、うん、まあ……」

「ディミトリアス殿下のことなら、今日からさっそく調べさせることになっているぞ」

　それについて、まだメルヴィンに知らせていなかったことを思いだした。フィンレイのことで頭がいっぱいだったのだ。

「そのディミトリアス殿下についてだが、一発で失脚を狙えそうな書類を手に入れた。すでに国王陛下の手に渡っている」

「なんだと？」

　思わずといった感じで声を上げたメルヴィンは、慌てて小声になった。

「どこで手に入れたのだ」

「……それについては、また後日説明する」

「もったいぶるな」

教えろ、としつこく聞かれて、フレデリックは仕方なく「私の妻だ」と答えた。

「えっ、フィンレイ殿下が？」

メルヴィンが目を丸くして驚愕する。その顔には、いくつもの疑問が浮かんでいるのがわかった。かつてのフレデリック同様、フィンレイのことをよく知らないのだ。国王の十二番目の王子で市井育ち、そのくらいの情報だろう。結婚式も領地で内輪のみのこぢんまりとした形でしか行わなかったから、余計だ。

「フレデリックは、フィンレイ殿下にひそかに調査を頼んでいたのか。さすがだな」

したり顔でそう言われ、フレデリックはなんと答えていいかわからず黙った。今回の件に関わらせたくなくて疎外していたのに、自主的に動いてくれたと正直に打ち明けてもいいかどうか悩む。

「おい、どうしていきなり黙るんだ？」

メルヴィンに腕を突かれながらも考えていると、庭園の端から白髪の紳士が現われたのが見えた。ミルフォード公爵だ。アーネストをともなっている。

「われらの殿下がおいでだ」

行こう、とメルヴィンに促されて足を向ける。

アーネストはフレデリックに気付くと、白い頬をほんのりと赤く染めた。恥ずかしそうに目を伏せている様子が初々しい。まるでフレデリックが想い人のような反応だなと内心で困惑していたら、メルヴィンもそう思ったようで胡乱《うろん》な目をして見てくる。

例の近衛騎士タイラーはどこだと目で探したら、ほかの貴族の護衛たちと並んで、屋敷の壁にそって立っていた。

公爵家の園遊会に参加できるのは、貴族の中でもあるていどの地位以上の者だけだ。近衛騎士は貴族の出身者ばかりだが、いくら護衛とはいえアーネストとともに庭園に出てくることはできない。

タイラーは予想に反してフレデリックを剣呑な目で睨んではいなかった。こちらを凝視してはいるが、いままでのように敵愾心《てきがいしん》を剥き出しにした視線ではない。もしかして香油を使ったのだろうか。それで愛情を確認することができ、心に余裕が生まれたとか。

なにはともあれ、アーネストの性愛絡みの相談と愚痴、タイラーの嫉妬から解放されたようだ。ホッと安堵した。

「ディンズデール殿、楽しんでくれているかな？」

「はい。素晴らしく美しい花に圧倒されています」

そうだろう、とミルフォードは笑顔で頷く。

「公爵の花は王城をいつも飾ってくれている。いまの季節にこれだけの花を揃えられるのは公爵しかいないだろう」

アーネストにも褒められて、ミルフォードは機嫌がいい。遠巻きにしていた貴族たちが、牽制し合いながらもミルフォードとアーネストに挨拶にやって来た。一歩下がってその様子を眺めていると、メルヴィンがさきほどの話を蒸し返してくる。

「フィンレイ殿下のことだが」

「なんだ」

「噂でしか人物像を存じ上げないが、どういうお方だ？」

メルヴィンはフィンレイに興味を抱いたようだ。独占欲がつよい自覚があるフレデリックは、妻の魅力をよその男にあまり語りたくはない。

「式典などでお姿を拝見したことはある。黒髪と黒い瞳の小柄なお方だった。こう言ってはなんだが、とくに目立つ容姿ではないし、社交界で注目されるような特技は耳にしたことがない。けれどディミトリアス殿下の調査をされたということは、そうした能力に長けておられるのだろうか」

「……フィンレイは王都が地元だ。知人が多く、協力者がいたらしい。私もまだ詳しい話は聞いていないのだ。この園遊会が終わったら、ゆっくりと時間をかけて話を聞くつもりだ」

「その証拠書類、私もぜひ見てみたかった。どうして私に教えてくれなかったのだ」

「それは悪かった。フィンレイから預かった直後に王城へ上がる用事があって――」

国王に渡すことになった経緯を話していると、屋敷の方から細い悲鳴が聞こえた。

なにかあったのかと視線を向ければ、一人の青年が飛び出してくる。遠目でもわかる、フィンレイだった。右手に持っているのは短銃か。ぐるりと視線をめぐらせたフィンレイと目が合う。

「フレデリック！」

どうした、と尋ねるより先に、フィンレイがこちらに銃口を向けた。

「伏せて！」

フレデリックは反射的に動いた。なにがどうして、などと理屈を考えることなどしない。フィンレイが伏せろと言ったから、伏せるのだ。

自分だけでなく、とっさにメルヴィンを突き飛ばし、アーネストとミルフォードに体当たりするようにして地面に伏せたのは、ただの勘だった。

着飾った貴族たちと色とりどりの花が溢れる庭園に、乾いた銃声が響き渡った。

◇

ミルフォード公爵邸まで馬で駆けつけたフィンレイだが、門番に阻まれて中には入れなかった。

「だから、私はディンズデール地方領主の妻、フィンレイ・ディンズデールですって。あやしい者ではありません。中に入れてください」

馬から下りて訴えるが、聞いてくれない。

園遊会はすでにはじまっている時間だ。招待客のほとんどがすでに到着しているのだろう、門は閉じられ、屈強な門番と警備兵が立ちはだかっている。

「国王陛下の十二番目の王子、フィンレイ殿下ですか」

「そうです。私の夫が来ているはずです」

「たしかにディンズデール殿はいらっしゃっています。しかし私どもはフィンレイ殿下のお顔を存じ上げません。あなたが本当にフィンレイ殿下なのか判断つきかねます。園遊会の正式な招待状をお持ちでない方は、ここを通すわけにはいきません」

融通がきかない頑固な門番だ。しかし職務をまっとうしている。フィンレイの顔など、ほとんどの国民は知らないだろうし、招待状を持っていないのは事実だ。フィンレイは懐に短銃を隠し持っているが、それだけで強行突破など不可能だった。それにここで騒ぎを起こしたくない。しかたがないので、いったん引くことにした。

ふたたび騎乗して、ミルフォード公爵邸を囲む高い塀にそって馬を進ませながら思案する。園遊会が終わってフレデリックが出てくるのを待つのも選択肢のひとつではあったが、そんな悠長なことをしていていいのだろうか。

暗殺者はもうミルフォード公爵邸に潜入しているかもしれない。焦燥感が募ってくる。

高い塀は騎乗した位置からも外からの視線は許さず、まったく中の様子は窺えなかった。いっそのこと梯子《はしご》をどこかから調達してきて忍びこもうかな、と自棄クソ気味の案が浮上してくる。この高い塀を乗り越えるための長い梯子など、いったいどこから持ってくるのか。ひとりで運べるのか。運べたとしても、持ってくる過程でだれかに気付かれ、不審者扱いされるに決まっている。

どうしよう、と悩んでいると、裏門にさしかかった。黒い鉄製の門が開かれている。いま到着したばかりなのか、荷馬車が横付けされて果実酒の樽《たる》や肉、野菜が入ったカゴが下ろされていた。

なにかの手違いで園遊会用の食糧が足りなくなったか、それともできるだけ新鮮なものを使いたいというこだわりのある料理長が最初から計画していたのか――。どちらでもいい、好機だった。

フィンレイは馬から下り、裏門に近づく。そして、しれっとした顔で荷下ろしを手伝った。仕入れ業者の男はちらりとフィンレイを見たが、おそらく屋敷の使用人だと思ったのだろう、なにも言わない。町歩きに適した簡素な服装でいたのが功を奏した。

「これはどこに運べばいいですか」

「厨房だよ」

屋敷の使用人に聞きながら、裏門付近を見回す。庭園側はおそらく優雅な空気でいっぱいだろうが、こちらはさながら戦場のような騒がしさだ。怒鳴り声がないだけマシ、というくらいの鬼気迫る表情で、使用人たちが果実酒や焼き菓子、果物などを用意している。

給仕係の男女が澄ました顔をつくってフィンレイの前を通り過ぎ、美しく皿に盛られた果実を運んでいった。その後ろ姿を目で追い、庭園へ通じる廊下を確認する。

「野菜のカゴ、ここに置いておきますね」

近くにいた女性の使用人に声をかける。中年の女性は前掛けで手を拭きながら、ぶつぶつと文句を言っていた。

「まったくもう、どこに行ったんだか。この忙しいのに、急にいなくなるなんて」

「予定よりも人手が少ないんですか？」

小声でこそっとフィンレイは聞いてみた。女性はあんただれ、みたいな顔をしたが、それよりも不満をぶちまける方が大切だったようだ。

「ちょっと前から給仕係の男が三人もいないのよ。おかげで厨房から男手が取られちゃって、もう大変。どこかでサボってんだろうけど、この状況がわかっていないのかしら。本当に腹が立つ。あたしだって休憩したいのに」

「それは大変ですね」

親身になったふりで頷きつつ、サッと周囲を見た。厨房にいる男は全部で五人。もともと八人で回していたのなら、人手不足になっても不思議ではない。

さっき果物の皿を運んでいった給仕係の男女が戻ってきた。息つく間もなく、次の皿を手にして廊下へ出て行く。給仕係の男は白いシャツに黒いベストとズボン、女性は白いブラウスに黒いスカートと白い前掛けという揃いの服装だ。

まだ不満をこぼしている女性から静かに離れ、厨房を出た。使用人たちは自分の役目をまっとうしようと懸命で、フィンレイという部外者が入りこんでいることに気付かないようだ。フィンレイにとってはありがたいが、害意がある者にとっても絶好の機会になってしまっている。

給仕係が三人もいないのはおかしい。暗殺者がすでにここに入りこんでいて、なにか仕掛けているのかもしれない。

フィンレイはさり気なさを装って、屋敷の中を素早く見て回った。貯蔵庫や使用人たちの休憩室、使われていない小部屋などに異常は見つからない。外に出てみた。

厨房の外の裏庭は、ここまで庭師の手が行き届いていないのか植えこみの木が茂ったままで、その下には落ち葉がこんもりと積もっている。ふと、塀の際あたりに目が引き寄せられた。古い麻袋のようなものが何枚も地面に広げられて、なにかを隠すように置かれている。落ち葉よりも膨れたその下には、いったいなにが——。

フィンレイは落ち葉に足を取られながら近づいた。麻袋を剥がすと、そこには下着姿の三人の男が横たわっていた。三人は手足を紐状のもので拘束され、猿ぐつわを噛まされている。肩を揺すってみると、ちいさく呻き声を上げた。生きている。

猿ぐつわを外し、「大丈夫ですか?」と声をかけた。手足を縛っている紐は、刃物がなければ切れそうにない。一人の男がうっすらと目を開けた。

「なにがあったんですか」

「わ、わからない。突然、後ろから襲われて、服を取られた」

のだ。

「三人とも？」

そうだ、と頷く。では三人分の給仕係の服を奪った者は、いまこの屋敷のどこかにいる
「助けを呼んできます」

フィンレイは屋敷の警備兵を探した。貴族たちが談笑している庭園を囲むように、何十人も警備兵が立っている。一番近くにいた兵に声をかけた。不審そうにフィンレイを見下ろした兵だが、事情を説明すると顔色を変えた。

ちょうどそのとき、使用人のだれかが拘束された三人を見つけたようだ。女性の甲高い悲鳴が聞こえた。おそらく騒ぎになる。侵入した不審者は、この絶好の機会を逃したくないはず。

悲鳴を聞きつけて、庭園にいる警備兵や使用人たちが厨房の奥へ一斉に視線を動かした。その中で、まったくちがう動きをしている者を、フィンレイは探した。

貴族たちは談笑に興じているせいか、それとも裏方のことなど気にしないのか、花が溢れる庭園の中で優雅に園遊会を楽しんでいる。フレデリックがいた。きらびやかな衣装を身につけ、すっくと背筋を伸ばして立つ姿は貴公子そのものだ。すぐそばにはアーネストとミルフォードがいる。

フレデリックは優しい目でアーネストを見守っている――ように感じた。

胸がズキリと痛む。フレデリックを怒らせたときのことを思い出すと、全身から力が抜けていきそうだった。

しかし。

手に皿を持った給仕係の男が彼らに近づいていくのに気付き、ハッとした。皿の上には白い布巾がかけてある。その布巾をひらりと退けた下から、給仕係がなにかを握った。それが短銃だと確認する前に、もうフィンレイは隠し持っていた短銃を右手に持ち、照準を合わせていた。

「フレデリック！」

声を限りに名前を呼んだ。パッと彼は振り向き、一瞬でフィンレイと目が合う。そこに確固たる信頼を見た。まだ夫婦だ。二人はまぎれもなく、夫婦なのだ。

「伏せて！」

なぜだ、とはフレデリックは聞かなかった。フィンレイが望んだとおりに、間髪容れずにフレデリックは一番近くにいた貴族の男を突き飛ばし、アーネストとミルフォードを押し倒すようにして地面に伏せる。

フィンレイは躊躇《ためら》いもなく引き金を引いた。乾いた銃声が庭園に響き渡る。肩を撃ち抜かれた男が倒れる。すると別の給仕係が片手に短銃を構えながら庭園に駆けこんできた。

フィンレイはその男の腕を狙って撃った。血飛沫《しぶき》を上げて倒れる男のその向こうから、三人目が短銃を構えてフィンレイを見ていた。とっさにしゃがみこむと、頭上を弾が飛んでいくのがわかった。すぐに立ち上がって花の陰からその男を撃つ。肩に命中した。もんどり打って男が倒れる。

いつでも動けるように、腰を落として神経を研ぎ澄ました。庭園は水を打ったように静まり返っている。貴族たちはみんな植えこみの後ろに隠れたり、伏せたりしていた。

服を盗られた給仕係は三人だった。ほかに侵入者はいないのか。耳をそばだてて探ったが、不審な物音はいっさい聞こえなかった。

フィンレイがひとつ息をついて楽な姿勢になると、貴族の護衛たちが動き出した。それぞれの主人の名を呼びながら駆けていく。

フレデリックが立ち上がった。

「フィンレイ！」

倒れて呻いている襲撃犯の男を蹴飛ばす勢いで飛び出してくる。伏せたときに汚れたらしく、せっかくの衣装に土がついていた。そんなことには構わずにフレデリックは走り寄ってくると、青い顔で尋ねてくる。

「フィンレイ、ケガは？　撃たれ、さっき撃たれて——」

「フレデリック、落ち着いて。私は大丈夫です。避けましたから」

「本当に？　撃たれたのに？」

「だから当たっていません。あなたこそケガはないですか」

「私のことはどうでもいい」

「どうでもよくありません。なにを言って——」

呆れて言い返そうとしたフィンレイの前で、フレデリックががくりと膝をついた。ますますズボンが汚れる。ギルバートの渋面が想像できて、フィンレイも渋い顔になった。

「ああ、フィンレイ……」

フレデリックがフィンレイの腰に縋りつくようにして腕を回してきた。伏せたときに足首でも捻ったのかと思ったが、ちがっていた。

「無事でよかった……」

掠れた声がフィンレイの腹に吐き出された。腰を抱く腕がかすかに震えている。

ぎゅっと胸を鷲掴みにされたような痛みと愛しさに襲われ、喉が詰まってなにも言えなくなった。棒立ちのまま無言のフィンレイになにを思ったか、フレデリックは痛いほどにぐっと力を入れて胴体を抱きしめてきた。

「愛している」

顔を上げて、フレデリックが見つめてくる。碧い瞳は真摯な光を放っていた。

「助けに来てくれてありがとう。なにか情報を掴んで、ここまで駆けつけて来てくれたのだろう？　あんなに酷いことを言ったのに、あなたは私を助けてくれた。ありがとう。ありがとう」

「フレデリック……」

「悪かった。酷いことを言った。言ってしまった直後からずっと後悔し、反省していた。なぜあんなことを口走ってしまったのかと。私はたぶん、あなたに甘えているのだ。なにを言っても許されると傲慢な考えに囚われていた。そんなことはないのに。たとえ夫婦でも、言ってはならないことはある。元は他人なのだから、愛情と信頼感だけで繋がっているのだから、それを損なってしまってはいけない」

ゆっくりと立ち上がったフレデリックを見上げる。

謝ってくれた。甘えていたと言ってくれた。口先だけの謝罪ではないと、その態度が示している。夫は別れることなど考えてはいなかった。

よかった。ホッとすると同時に目の奥が熱くなってきて、瞳がじわりと濡れてきた。さんざん泣いたせいで、目のまわりはきっと腫れている。みっともない顔になっているのでは、と気付いて俯いた。

「私も、悪かったと思っています。あなたは国と領地のために奔走していました。私欲のためではないとわかっていながら、私はどうしても自分のことばかり考えてしまって。領主の妻として失格です」

「そんなことはない。私の方こそ、フィンレイの夫として失格だった」

「あげくにアーネストとの関係を邪推して……すみませんでした」

「疑われるようなことをした私が悪い。だが誓って、アーネスト殿下とはなにもない。あなたが気にしていた、あの香油の行方だが――」

「それについては、もういいです」

「いや、伝えておこう。あなたは絶対に他言しないと信用している。じつは、香油はアーネスト殿下に譲ったのだ」

え、とびっくりしたフィンレイは、視線をめぐらせてアーネストを見つけた。

「譲っただけで、私が使ったわけではないぞ」

「では……」

「殿下が想いを寄せている相手が、男なのだ」

フレデリックの視線を追ってみれば、アーネストは護衛の近衛騎士に支えられて立ち上がり、膝についた土の汚れを払ってもらっているところだった。

自分の前にうずくまっている騎士タイラーを、アーネストは頬を染めて一心に見つめている。その姿にピンとくるものがあった。

「まさか……」

「アーネスト殿下は、あのタイラーと恋仲だ」

それですべてが腑に落ちた。アーネストがタイラーと二人きりで屋敷を訪ねてきたときの雰囲気は妙に引っかかるものだった。それに、フレデリックが詳しい事情を話せなくて困っていた理由もこれではっきりした。

「アーネスト殿下は立場が変化することによって、タイラーと引き離されたくなかった。さらに、王太子としての体裁を整えるためだけに、どこかの令嬢と政略的な結婚もしたくなかった。だから私に助けを求めてきたのだ」

「それで、すべて解決したのですか?」

「なんとか」

さすがフレデリックだ。誇らしい気持ちで笑顔を向けると、フレデリックも笑ってくれた。

「三人を拘束しろ。傷口は止血して、医師を呼べ」

きびきびとした口調で屋敷の警備兵に指示を出している声がした。ミルフォード公爵は疲れた顔をして地面に座りこんでいるので、その傍らで命じているのは息子のメルヴィンだろうか。さっきフレデリックが突き飛ばした貴族だ。

「死ぬほどの出血ではないようだが、しっかりと治療はしなくてはならない。大切な生き証人だからな。聞き取り調査のときは、やりすぎて殺すなよ」

穏やかそうな外見とは裏腹に、警備兵たちへの言葉ははっきりしている。執事らしき壮年の男にミルフォードを部屋で休ませるように頼み、招待客たちへお詫びの言葉をかけに行く姿は頼もしい。次期公爵にふさわしい人物だと、好感を抱いた。

「フィンレイ、あなたをメルヴィンに紹介しよう」

はい、と頷きながら、右手に持ったままだった短銃を上着の中にしまう。おいで、と手を握られて、フィンレイはきゅっと握り返した。

◇

ミルフォード公爵邸の園遊会襲撃事件は、ミルフォードとその息子メルヴィンが責任をもって対処することになった。

公爵邸においそれと国の調査機関が入りこめないし、屋敷の警備が手薄だったと調査報告書に書かれては、公爵の面子《めんつ》に関わるからだ。

三人の襲撃犯たちはメルヴィンの管理下で治療されながら、終日尋問を受けた。

その結果、彼らの雇い主はカーティスだとわかった。カーティスはディミトリアスの腰巾着と呼ばれる男爵位の男で、いまのところ単独でフレデリックの暗殺を計画したと話している。

しかしカーティス本人にフレデリック個人への恨みが見当たらないことと、アーネストがあたらしい王太子に決定したこと、さらにアーネストの支援者の中心がフレデリックだったという事実から、ディミトリアスがカーティスに命じて事件が起きたのだろうと推測された。その結果、ディミトリアスは処分が決まるまで謹慎。厳重な監視がつけられ、その言動は逐一、国王に報告されることとなった。

事件の後処理に奔走するメルヴィンを手伝ったフレデリックが屋敷に帰ることができたのは、園遊会の日から三日後のことだった。

疲れきって屋敷に帰りついたフレデリックを、フィンレイの笑顔が出迎えてくれる。

「おかえりなさい」

まず愛しい妻を抱きしめる。腕の中にすっぽりと入るフィンレイの首筋に顔を埋め、思いきり匂いをかいだ。優しい体臭が全身の緊張を解してくれる。

（ああ、ここが私の生きる場所だ……）

しみじみと実感した。フィンレイの顔をじっと見下ろす。黒い瞳には自分の顔しかうつっていない。いまフレデリックの瞳にも、フィンレイしかうつっていないだろう。

「お疲れさまでした。もう用事はすべてすんだのですか？」

「ああ、私ができることはもう終わった」

怒濤の三日間だった。満足に睡眠も取れなかったが、充実感はある。

「そういえば、ずっと湯浴みをしていない。臭くないか？」

体を離そうとしたフレデリックを、フィンレイが引き留めた。「いいえ。ぜんぜん」と首を左右に振る。それが嘘だとしても、フィンレイが気にしないのならいい。

「ギルバート、湯浴みの用意をお願い」

かしこまりました、とそばに控えているギルバートにフィンレイが頼む。執事はすぐに使用人に命じた。

「もう十二月も半ばを過ぎている。明日にでも王都を発ち、領地に戻ろう。年末は子供たちとすごしたい」

「そう言うだろうと思って、荷物はあらかたまとめました」

ね、とフィンレイがギルバートを振り返る。この二人は信頼関係を築いたらしい。

「いつでも出発できるように、準備は整えてございます」

「どうせ年明けに国の行事でまた来ることになるだろうが、やはり例年通り、家族で新年を迎えなければ。しかし、まさかこんなにも長く領地を空けることになるとは思ってもいなかった。子供たちは寂しがっているだろう」

「私もはやく子供たちに会いたいです」

切ない表情になったフィンレイに、「私もだ」と苦笑いする。

十一月半ばにアンドレアの訃報が届き、国葬のために領地を出てから、すでに五週間がすぎている。冬本番の季節を迎えたこともあり、帰りは馬車旅が無難だ。順調に進んでも十日はかかる。領地に帰りついたときは、もう年末ぎりぎりだろう。

「明日には出立すると、先に手紙で知らせておいてくれないか」

「かしこまりました」

ギルバートに早馬で手紙を出すように命じ、フレデリックはフィンレイの腰を抱いたまま階段を上がった。

自分の部屋に招き入れ、寝室のカウチに並んで座る。その前を、湯を満たした桶を手にした使用人たちが通っていく。湯浴みの用意ができるまで、フレデリックは事件から三日間のことをかいつまんで説明した。

「これでアーネストは新王太子に決まりですね」

「決まりだ」

　十七歳の王太子が未婚なのは珍しくないかもしれないが、婚約者もいない状態なのは異例だろう。けれど国王が許しているので問題ない。

　アンドレアの事故死以降、寝付いていた国王ジェラルドだが、アーネストのために復活した。美しく聡明で優しい性格の孫アーネストを、ジェラルドは可愛がっている。まだ若く政治力がない新王太子のために、寝付いている場合ではないと気力を漲らせたようだ。

「フィンレイ、メルヴィンがあなたにあらためて礼をしたいと言っていた」

「礼ですか。感謝の言葉なら、三日前の庭園でいただきましたけど」

　事件の直後、メルヴィンはフィンレイに初対面の挨拶をし、言葉を尽くして感謝を述べていた。しかし、いかんせん、メルヴィンは父親の公爵とともに現場の陣頭指揮を執らなければならない。悠長に話している暇はなく、慌ただしく別れた。

　フィンレイはミルフォード公爵の私兵を護衛につけてもらい、屋敷に戻った。事件に関わったために事情を聴取する必要があったので、翌日にメルヴィンの手の者がこの屋敷まで来たはずだ。

「メルヴィン――というか、ミルフォード公爵家としては、大変な危機をあなたに救われたわけだ。もっと礼をしたいのだろう。いまならなにを望んでも、大概のものは用意すると思うぞ。ミルフォード公爵家は裕福だ」

「大概のものとは……？」

「宝石とか、金貨とか、農地とか」

「私はなにもほしくありません」

フィンレイは困った顔になっている。嘘ではないだろう。フィンレイは形あるものに執着しない。いつも欲しているのは、家族の平和と愛情なのだ。結婚したときから、それは変わらない。

メルヴィンにそう言ったのだが、納得できかねないという表情をしていた。

「……でも、なにかを望んだ方が、ミルフォード公爵家は喜ぶのでしょうか」

「そうかもしれないな」

フィンレイは考えこみはじめた。物品で感謝の気持ちを伝えることができれば、たしかにミルフォード公爵家は安堵するだろう。

「とりあえず、来年にしてくれと言っておいた。すぐにでも領地に戻るので、私たちとメルヴィンはもう年内に会う機会は作れないだろうからな。だからゆっくり考えればいい」

はい、とフィンレイは頷く。その穏やかな表情に、園遊会へ出かける前のフレデリックの暴言にたいするわだかまりは窺えなかった。

公爵邸の庭園で謝罪したが、あの場の勢いにまかせて懺悔《ざんげ》したような感じになってしまった。あのときの言葉と態度で、フィンレイは許してくれたのだろうか。蒸し返したくない。しかし、はっきりさせたい気もある。

これから何十年と続く結婚生活を考えると、懸案事項は残したくない。後々、それが問題になったら困る。

「……その、フィンレイ……」

どう切り出そうかと口籠もっていると、湯浴みの用意ができたと声をかけられた。

「どうもありがとう。私が旦那様のお世話をするので、みなさん下がってください」

フィンレイが使用人をすべて退室させてしまった。

「さあ、入りましょう」

「あなたが手伝ってくれるのか？」

「やらせてください」

フィンレイがにっこり笑いながら上着を脱ぎ、シャツとズボンだけの姿になる。フレデリックを浴室へと誘導し、服を脱がせるところからやってくれた。

浴室には窓があり、明るい冬の日差しが白いタイルを敷き詰めた床を照らしている。

フィンレイは腕まくりをして、ズボンの裾も折り曲げる。全裸にされたフレデリックはされるがままに、湯をかけられた。

浴槽の温かな湯に浸かり、愛妻に髪を洗ってもらう。思いがけない、至福の時間に陶然とする。疲れが解け、湯に溶けていくのがわかった。

フィンレイといっしょに何度か湯浴みをしたことはある。夫婦の営みのあと、体をきれいにするためだったり、ただ戯《たわむ》れたいだけだったりした。こんなふうに洗ってもらったこともはじめてではない。しかし記憶にあるよりも、フィンレイの手つきが優しい。

これはきっと、フィンレイなりの仲直りの儀式なのだろう。この五週間の空白を埋めるために、夫婦の日常を取り戻したいと考えたにちがいない。なんと賢くて、愛情に満ちた人なのだろうか。

閉じていた目を薄く開けてみれば、フィンレイは真剣な顔だ。シャツ一枚しか着ていないが暑いらしく汗をかいていた。そのうえ湯が飛んだのだろう。シャツが汗で肌にはりつき、透けている。とてもそそられた。

抱き寄せて、浴槽の中に引きずりこんだらフィンレイは怒るだろうか。こんな明るい場所で――。

領地を発ってから五週間ということは、性交しなくなってからも五週間ということになる。忙しさのあまり忘れていた性欲が、ゆっくりとよみがえってくるのを感じた。

領地での一年にわたる謹慎は、自分たちにとって甘い新婚生活だった。二日と空けずに抱き合い、快楽を分かち合った。おたがいの体を探求するのは楽しく、あらたな発見をしては興奮を高めた。あの楽しかった日々を懐かしく思って、フィンレイは朝帰りをしたフレデリックを責めたのだろう。

酷い言葉で詰った夫を見限ることなく、真面目で優しくて心が広い妻は、危険を承知で駆けつけてくれた。そして、こんなふうに疲れて帰った夫を労ってくれている。深い愛に、胸がじんと痺れた。

フレデリックの髪を丁寧に湯で流したフィンレイは、ますます濡れた。

「フィンレイ、濡れてしまったな」

「そうですね。でも寒くないので大丈夫です」

「いっそのこと、こちらに入ってしまわないか？」

「え……」

「こんどは私があなたを洗ってあげよう」

目を丸くしたフィンレイの白い顔が、じわじわと赤くなっていく。恥ずかしそうに目を伏せた様子が、もう大変に可愛らしい。

名実ともに夫婦になってから、数え切れないほどの夜を重ねてきた。フィンレイの体で、フレデリックが触れていないところなどもうない。それなのに、まだフィンレイは羞恥を覚えるようなのだ。

誘われて戸惑いつつも、フィンレイは嫌がっていない。フレデリックは浴槽の中で立ち上がり、フィンレイのシャツのボタンに手を伸ばした。ひとつずつボタンを外していくにしたがって、フレデリックの男の部分が目覚めていく。

窓からの陽光を受けて、フィンレイの白い肢体は美しく輝いて見えた。ほっそりとした体は、十九歳になってもまだ少年のようで、肌は瑞々しい。けれど胸の二つの飾りは不自然に赤く色づいていた。フレデリックが一年かけて完熟させたからだ。

ズボンも脱がせて、全裸にさせる。股間の性器はまだ目覚めていない。羞恥の方が強いのかもしれない。髪とおなじ黒い陰毛に囲まれた少年ぽい性器の滑らかな舌触りを思い出すと、つい口元が緩んでしまう。

フィンレイの衣服をすべて剥ぎ取ったときには、フレデリックの股間のものは臍《へそ》につくくらいに勃ち上がり、反り返っていた。

これではフィンレイを洗うどころではない。

「すまない、私の体はずいぶんと正直になっているようだ」

「うれしい……私を、まだほしいと思ってくれているんですね」

潤んだ瞳で見上げられ、フレデリックは自己嫌悪に押し潰されそうになる。フィンレイにこんなことを言わせたのは、自分だ。

「三日前の暴言はもう忘れてくれ。私が悪かった。すべて取り消す。私はいつもあなたを抱きしめたいと思っている。私の心の中には、あなたしかいない。あなただけだ」

「……私もです」

黒い瞳がきらきらと光っている。あまりの愛しさに息苦しさを感じながら、おいで、と浴槽の中に促した。

フィンレイを抱きしめたまま湯の中に座りこむ。向かい合ったかたちで膝に乗せ、そっと顔を寄せた。まるではじめてのように、怖々と重ねるだけのくちづけをする。何度も、何度も。

フィンレイの背中が強張っている。緊張を解きたいと思い、その滑らかな背中をてのひらで撫で下ろした。「あ…」とフィンレイが声を上げる。わずかに開いた唇のあいだに、フレデリックは舌を滑りこませた。

強引な動きにならないよう、気をつかいながら舌でフィンレイの口腔を味わう。上顎をくすぐるように舐め、舌を絡めた。フィンレイが声にならない可愛らしい呻きを漏らしつつ、身もだえする。腕の中で体をくねらせる妻に情欲を煽られて、性器が痛いほどに張りつめた。

湯の中でフィンレイの尻を両手で鷲掴みにした。張りのある、けれどちいさな尻だ。その谷間を指でゆっくりと擦った。

「んんっ」

柔らかな舌がひくりと跳ねて、逃げるように動く。フレデリックは追いかけて痛いほどに吸った。そうしながら、尻の窄まりを指で弄る。ひさしぶりすぎて固く閉じているそこを、指で揉むように解した。

「あ、あ、あっ」

重なっていた唇が外れて、フィンレイの甘い声が浴室に響く。もっと声が聞きたくて、胸の飾りに舌を伸ばした。一年間、フレデリックが丹念に可愛がってきた乳首は、ちょっとした刺激だけですぐに固く尖り、赤く充血してくる。

「ああっ」

ねっとりと舐めあげながら後ろを指で弄ると、フィンレイの口から嬌声がほとばしる。

もっともっと、とフレデリックは乳首を舐め回し、ときには歯をたてた。ちゅう、と

吸っては下から上へと舐め上げる。左右平等に愛撫をほどこし、フィンレイをさんざん喘がせた。

真っ赤に腫れ上がった二つの乳首に頬ずりをしながら、窄まりに指を挿入した。

「ああん、あっ、やめ、フレデ……ッ、いや、そんな、いろいろしないで……ぇ」

全身を赤くして喘ぎ、フィンレイは涙目になっている。いやだと言いながらもフレデリックの首に両腕を回して縋りついてくるから、たまらない。

フィンレイの性器はすっかり勃ちあがり、先端から露を垂らしていた。可愛らしいそれは健気にもピンと反り返り、震えている。フレデリックのてのひらにおさまってしまう大きさのこれを、じつはとても気に入っているとフィンレイは知っているだろうか。

浴槽の縁にフィンレイを座らせ、フレデリックは可憐な蕾のような性器を口に含んだ。

「あっ、やあっ」

前屈みになったフィンレイがフレデリックの頭をかき抱く。濡れた髪を指でかき混ぜられながら、口腔全体を使って愛撫した。フィンレイはすぐに限界近くまで熱くなり、内股を震わせる。

「だめ、もう、出ちゃう、出ちゃ……っ」

夫の口に射精したくないフィンレイは、フレデリックの顔を股間から剥がそうともがいた。けれどその両手にはぜんぜん力が入っていない。かまわずにねっとりと舌を使い、さらに屹立の下にある小ぶりな袋を指で弄った。

「ああっ、いや、あっ、んん、しないで、そんなこと、だめぇ」

まるで極上の音楽のような喘ぎ声だ。いよいよ絶頂が近くなったフィンレイは半分泣いていた。気持ちよすぎて泣きそうになる妻が、可愛くてたまらない。最後を促すように、つよく唇で扱いた。

「あーっ、あっ、や……、出ちゃ、あーっ！」

びくんびくんと口腔でフィンレイの性器が跳ねる。吐き出された白濁を、フレデリックは愛をこめて嚥下《えんげ》した。隘路《あいろ》の残滓《ざんし》まで啜《すす》り、フィンレイをもう一鳴きさせて、萎えた性器を吐き出す。

「飲ん……で……？」

呆然とした目で確認してくるフィンレイに、軽く頷く。

腰が抜けたのか、フィンレイは浴槽の縁に座っていられなくなり、ずるずると湯の中に落ちてきた。もう湯が冷めはじめている。出た方がいいだろう。

それに、もっとじっくりと全身を愛してあげたくなり、フレデリックはフィンレイを抱えて浴槽を出た。用意されていた布でフィンレイをくるみ、自身は濡れたままで浴室を出る。寝室の暖炉には火が入れられ、温められていた。裸でも寒くない。

まだ日が高い時間だったが、使用人たちが気を利かせてくれたのか窓のカーテンは閉められ、室内は暗い。ランプが寝台横にひとつだけ灯されていた。

寝台にフィンレイを下ろし、チェストの引き出しから白い陶器の瓶を取り出した。それを枕元に置く。瓶を視線で追っていたフィンレイはさらに頬を上気させ、フレデリックを見つめてきた。

「フレデリック……」

一度快感にとろけると、その名残はなかなか消えないようだ。掠れた声で名を呼ばれ、背筋がぞくっとした。

淫らな気配を全身に滲ませて、フィンレイはみずから体を覆っていた布を広げてみせる。ランプの光がほのかに照らす肌は、フレデリックを官能の世界へ誘っていた。

◇

心臓がおかしくなるくらいに激しく鳴っている。

横たわったフィンレイの上に、フレデリックが覆い被さってきた。その重みを受け止めて、うっとりと息をつく。

フレデリックがひさしぶりに触れてくれて嬉しい。浴室で気持ちよくしてもらって、我慢できずに夫の口に出してしまったのは失態だった。口で愛撫してもらうと、フィンレイはいつも我慢できない。その逆はほとんどなかった。きっとフレデリックが上手なのだ。

腹にあたる固いものに手を伸ばし、フィンレイは夫の性器に触れた。浴室で見たとき、すでに天を突くほどに勃起して先端から露を垂らしていたものだ。火傷しそうなほどに熱くて、どくどくと脈打っていた。

「フィンレイ、それをどうするつもりだ？」

「今度は私にやらせてください」

フレデリックを仰向けにさせ、フィンレイはそこに顔を埋めた。

髪とおなじ金色の陰毛を撫でながら、熟した果実のような先端の膨らみを舐め回す。にじみ出てくる露をすすり、味わった。太い幹の部分も熱心に舐めていく。

自分の持ち物とおなじ器官とは思えないほど、大きさも形もちがう。男として成熟しているフレデリックに憧れと同時に嫉妬も感じた。けれど夫婦として睦みあうときだけは、対等になれる気がした。

ちらりとフレデリックの様子を窺えば、苦しそうに顔をしかめている。快感に耐えている表情に喜びを感じた。

執拗に舐め回してから、先端を口に含む。とうてい根元まで迎え入れることはできないが、できるだけ喉を開いてくわえた。ゆっくりと頭を上下させ、唇と舌で夫の性器を扱く。

フレデリックに気持ちよくなってほしいから、フィンレイは頑張った。しかしいつも最後までできない。フレデリックのそれは大きすぎてフィンレイの口には余るし、熱心に挑めば挑むほど口腔の粘膜で感じてしまい、フィンレイの方がより気持ちよくなってしまうのだ。

「ああ、気持ちいいよ、フィンレイ……」

フレデリックはそう言いながらフィンレイの髪を撫でてくれる。けれど余裕があった。悔しくてもっと口を使ったが、どうしても陶然としてしまう。股間がずきずきと痛みを発しはじめた。

見なくともわかる。一度出して萎えていたのに、また勃ちあがっているにちがいない。それと同時に、後ろの窄まりが疼いてきた。浴室で指を入れられたから、とうに目覚めている。

そこで愛する人と繫がって、官能を分かち合う喜びを完全に思い出した。いま口の中にあるもので、そこを埋めてもらって、荒々しく擦ってもらうときの快感を欲して、フィンレイは身悶えた。

「フィンレイ、私のそれを舐めながら、感じているのか?」

フレデリックが不意に上体を起こし、フィンレイに触れてきた。ダメなのに、いま触れたら全部台無しになってしまうのに――と、口にくわえたまま逃げようとしても無理だった。

「んんっ」

尻を鷲掴みにされて、甘い痺れが背筋を駆け上がってくる。そこにトロリと香油を垂らされてしまった。嗅ぎ慣れた甘い花の香りが寝台いっぱいに広がる。もうこうなると、フィンレイにはなすすべがなくなる。

でも、まだしたい。一度でいいから、フレデリックの体液を舌で受け止めて、味わってみたいのだ。されるばかりでは不公平だ、と以前にもそう訴えたことがあるのだが、フレデリックは「あれはそんなに美味しいものではないぞ」と苦笑いしたあと、なぜかさらに高ぶったものをフィンレイに挿入して激しく揺さぶった。

フレデリックの手が香油を尻の谷間に塗りつける。つぷんと指が入ってきたときには、もうフレデリックの性器を愛撫することはできなくなっていた。

「ああっ、あっ、んっ」

まだ口の中に入れていたいのに、背筋が弓なりにのけ反ってしまう。口は喘ぐために開きっぱなしだ。せめて、と手で性器を扱いた。金色の陰毛に頬ずりし、フレデリックの男らしい体臭で胸をいっぱいにする。頭の芯がくらくらした。

「ああっ！」

指が二本に増やされた。感じやすい粘膜をかき回され、フィンレイは鳴きながら無意識のうちに尻を振っていた。気持ちいい。もっとしてほしい。でも、でも。

「まって、フレデリック、おねがい、くちに、だしてほしいの、くちに」

いつのまにか、口淫のせいで舌が疲れていたらしく、呂律《ろれつ》があやしくなっていた。

「飲みたいのか？」

「のませて、あなたの」

「あれは美味しくないと、前にも言っただろう」

「でも、あなたは私の出したものを、何度も飲んでくれたではないですか。私も飲みたいです。お願い」

性器にくちづけをしながら懇願すると、フレデリックは「仕方がないな」とため息をついて体勢を入れかえた。フィンレイが仰向けになり、その顔の上にフレデリックが跨がった。すごい角度で夫のすべてが見える。

「口を開けていなさい」

はい、とフィンレイは口を開けて、フレデリックが顔の上でおのれの性器を扱きはじめたのを見守った。やがて低く呻きつつ、フレデリックが体液を迸らせる。それはフィンレイの顔に飛び散り、半分ほどが口に入った。

熱い飛沫を浴びせられて、うっとりしながら嚥下する。たしかに不味《まず》い。けれどこれが愛する人の味なのだ。

「どうだ？」

「美味しくないです」

「だろう」

フレデリックが呆れたように笑った。チェストの引き出しに入っていた布で顔を拭いてもらい、胸をぴたりと重ねてくちづける。おたがいの体液の味がするくちづけだった。

香油の瓶をもう一本取り出したフレデリックが、あらためてフィンレイの股間にそれを垂らす。性器と尻の谷間がぬるぬるになり、フレデリックの愛撫で燃えるように熱くなった。そのあいだにフレデリックは復活して、また反り返るほどに大きく固くなっている。

「もう、ください」

すでに指が三本入るほどに解れている。フィンレイのそこは飢えた獣のように指を食いしめ、奥へと誘うように蠕動《ぜんどう》していた。

「私のフィンレイ」

「はい……」

「入れてもいいか」

「ください」

そこに屹立があてがわれた。ゆっくりと挿入される。フィンレイが心から望んでいるからか、なんの抵抗もなく奥まで進んでいく。すべてが体内におさまったとき、この数週間の寂寥感を思い出してしまった。

これがほしかった。性欲ゆえに欲していたわけではない。愛する人と生まれたままの姿で抱き合い、心身ともに繋がって、ひとつになる喜びを分かちあいたかったのだ。

「フィンレイ？」

こみ上げてくるものを堪えきれず、涙をこぼしてしまったフィンレイに気付き、フレデリックが「どうした？　どこか痛いのか？」と気遣ってくれる。

「いいえ……。嬉しくて、ただ、嬉しくて。それだけです……」

「そうか。私も嬉しい」

フレデリックが優しくくちづけてくれた。深く繋がったまま動かずに、「愛している」と囁きながら何度もくちづけてくれるものだから、余計に感極まってしまう。

「愚かな私を許してくれて、ありがとう」

「いいえ、いいえ。私こそ……！」

全身でフレデリックに縋りついた。繋がりがより深くなり、ため息のような官能の呻きが漏れてしまう。

「動いてもいいか？」

こくこくと頷くと、小刻みに奥を突かれた。とたんに、とろけるような快感に飲みこまれる。

「あ、あ、あ、んっ、あん、ん」

気持ちいい。声がとまらない。体が勝手に反応して、中にいるフレデリックをきゅうきゅうと締めつけているのがわかる。粘膜は愛しい屹立を離すまいとまとわりつき、ねっとりと取り巻いているのだ。

「すごい、フィンレイ……、くっ」

「あーっ、ああっ、いや、そんなに、しないで、ああっ、あんっ、あーっ」

しだいに激しくなっていく動きに翻弄される。敏感になっているそこを擦られ、突かれるとたまらなかった。それなのに胸の飾りをまた指で弄られて、鋭い快感に背筋をのけ反らせる。

「ひ、ああっ、ん、ああ！」

涙がぼろぼろっとこぼれた。さっきとはまったくちがう涙だ。快感のあまり頭が真っ白になり、一瞬、意識が遠くなる。気がついたときには、自身の腹に白濁が散っていて、絶頂に達したのだとわかった。

フレデリックが苦悶の表情で堪えている。フィンレイの腹に埋めた屹立は、おそらく強烈に締めつけられているだろう。

耐えきったフレデリックは、フィンレイの両足を肩に担ぎ上げた。繋がりがさらに深くなり、最奥を容赦なく突かれる。かき回される。蕩けきった中は、なにをされても感じた。

香油が濡れた音を立て、寝台が軋む。全身に滲んだ汗がランプの光を浴びて、ひっそりとちいさく輝いた。

二度も達したフィンレイの性器は、なかなか復活しない。それでも体は貪欲にフレデリックが与えてくれる快感を貪り、熱く高ぶっている。

「とけちゃう、とけ、とける、フレデリ、ク、やだぁ、もう、やぁ」

「そんなに可愛らしくいやだと言われても、止まらないよ」

「おっきい、かたいの、いい、いいっ」

「だから、止まるはずがないだろう」

　語尾がすこし怒っていたような気がした。さらに激しく揺さぶられ、フィンレイの萎えたままの性器が動きに合わせて震える。怖いくらいに感じて、フィンレイはまたメソメソと泣いた。

「フレデリ、ク、フレデ、ぎゅって、して」

　力が入らない両手をせいいっぱい伸ばしてせがめば、フレデリックは肩に上げていたフィンレイの両足を下ろして、抱きしめてくれた。逞しい腕にくるまれて、安堵感にまた涙が出る。

「好き、好きなの、好き」

「私もだよ」

「すき、だいすき、ほんとに、ほんと……」

「ああ、わかっている」

「すき、すきすき」

　溢れる想いを声に出していたら唇を塞がれた。

「あ、む、ん、んん」

　舌を舌で絡め取られ、なにも言えなくなる。ぬるぬると柔らかな舌が気持ちよくて、夢中になった。またきゅうと体内のフレデリックを締めつけてしまう。両足を逞しい腰に回して、もっと来てと引きつけた。

く、とフレデリックが息を詰める。腰を打ちつけるように激しく動かれ、かつてないほど奥を抉《えぐ》られた。

「――っ！」

体の奥に熱い迸りが叩きつけられるのがわかった。

注がれる。フレデリックの命が、すべて、フィンレイの中に。

同時にフィンレイもいっていた。甘く強烈な絶頂に背筋を震わせ、気が遠くなる。痛いほどに抱きしめてくる固い腕に、とっさに縋りついた。そうしていないと、どこかへ飛んでいきそうな浮遊感に包まれて、怖かった。

乱れた息遣いがランプひとつきりの寝室に満ちる。なかなか絶頂の余韻が消えなくて、フィンレイは離れようとするフレデリックを引き留めた。

「まだ、まだこのまま……」

「どうした？」

そっと目を覗きこんできたフレデリックが、なにかに気付いたような顔をした。

「出さないで極めたんだな」

「あ……」

言われてみれば、フレデリックの手で撫でられた腹には出したはずの体液はなかった。汗でしっとりと濡れているだけだ。

いままでも何度か射精をともなわない絶頂は経験している。その中でも、さっきの感覚は飛び抜けていた。いつもより大きく弾けたような感覚に包まれて、怖いほどだった。

そう告げると、フレデリックは喜色を浮かべながらくちづけてくる。

「素晴らしい、フィンレイ。私もとてもよかった。愛しているよ。この責任は一生、私が負っていく」

「な、なに？」

一生の責任とは？　もう結婚しているし、心から愛しているので、できれば一生いっしょにいたいと思っているが――。

「あれ？」

萎えかけていたフレデリックのものが、ぐぐっと力を取り戻して粘膜を広げているのがわかる。抜かないままでゆるゆると腰を揺すられ、おさまりきっていなかった官能の炎がすぐに燃え上がってしまいそうで困惑した。

「あの、フレデリック、あっ、まって」

フィンレイは温い快感にまた胸を喘がせた。フレデリックの大きな手で髪をまさぐられ、頭皮まで感じる。顔中にくちづけの雨を降らされた。

「またさっきの状態にしてあげよう。いきやすくなるように、くりかえした方がいい」

「そんな、しなくていいです、しないで、あっ」

挿入したままで体勢を変えられた。フィンレイはうつ伏せにさせられ、後ろから抜き差しされる。香油がさらに垂らされて、ぬるぬると尻を揉まれた。気持ちよくてなにも言えなくなる。

冷めかけていた芯が一気に熱くなり、フィンレイはまた喘がされた。

「ああ、ああ、ああっ、やめ、もう、もういや、いきたくな……っ」

怖いから、と訴えると余計に高ぶるようで、フレデリックの動きはとまらない。

それからフィンレイは延々と突かれ続け、何度も絶頂に連れて行かれた。性器は半分勃ち上がるけれど、射精にはいたらない。ただただ最奥をこじ開けられ、粘膜を抉られ、溺れそうな官能の中でのたうちまわった。

頭がおかしくなりそうな快感の中、最後には涙がとまらなくなり、子供のようにぐずってフレデリックにあやされたような気がする。

けれど途中から意識が朦朧としてしまい、浴室で全身を洗われて香油をきれいに流されたことも、フレデリックが口移しで水を飲ませてくれたことも、まったく覚えていない。

翌朝まで夢も見ずにぐっすりと眠ったことだけは、確かだった。

◇

ひさしぶりの夫婦の営みに興奮して、フレデリックは少々やりすぎた。

翌朝、フィンレイは寝台から出ることができなかった。腰が立たず、喘ぎすぎて喉も嗄《か》れていたのだ。こんなことは一年前の初夜以来で、あのときはフィンレイが怒ってしまい、その翌日まで許してもらえなかったことを思い出す。

しかし今回は、すこし拗ねるだけで怒りはしなかった。

「さあ、喉にいいという薬湯だ。飲みなさい」

背中を支えてあげながら、碗を持たせる。フィンレイは従順に薬湯を飲み干し、甘えるように「美味しくないです」と唇を尖らせた。可愛い。

「明日には立てるようになるでしょうか。早く帰りたいです……」

フィンレイが悄然《しょうぜん》と項垂れるので、フレデリックは今日何十回目かになる「すまない。私が悪かった」という謝罪を口にした。

本来なら今頃は領地に向かう馬車の中だったのだ。予定が一日か二日ずれることを知らせるあらたな手紙を書き、さっきギルバートに託した。

フレデリックはその日一日、フィンレイのそばから離れなかった。たっぷりと妻を甘やかし、昨日までの空白を埋めるためにたくさんおしゃべりをした。その中に、ディミトリアスの不正を暴くために料亭『青の湖畔』まで聞きこみに行ったときの話もあった。

「料亭の従業員と仲良くなったのか。特に親しくなったのはどういう人間だ」

「私と年齢が近い若い男でした。とてもよくしてくれて、たくさんのお菓子を私のために用意してくれたり、ほかの従業員からも話を聞いてくれたりして、協力的でした」

「フィンレイが訪ねていく時間に待っていてくれたり、休みの日にどこかへ遊びに行こうと誘われたり？」

「そんなこともありましたね」

それは惚れられていたのでは、とフレデリックはため息を飲みこんだ。にこにこと話しているフィンレイの楽しい気分を害さないように、なんと言えばいいものか……。

「そういえば、ギルバートがデリックへの報酬を肩代わりしてくれました。それと、ディミトリアスが懇意にしていた娼妓の薬代も、こちらに請求するように頼んであります。私が返しますから、どうすればいいか教えてください。領地に戻ったらギルモアに相談すればいいですか？」

「デリックというのは協力者だな。ギルバートが出した金はディンズデール家のものだろう。薬代も、経費として認めるから、あなたは気にしなくていい」

「でも、私が独断で報酬額を決めてデリックに仕事を依頼したのです」

「デリックの働きは王家を助けた。私の領地も助けたことになる。だからいい」

「……わかりました」

「本来なら国王陛下から褒美が賜《たまわ》られるほどの働きだ。その男はいまどこにいる？　本人が望むなら、王家に渡りをつけるが」

「たぶん、王都の中にいくつも持っている隠れ家のどこかにいます。春になるまで娼妓の面倒を見ると言っていましたから」

デリックという男に会ってみたい気持ちがある。いくら旧知の仲のフィンレイに頼まれたとはいえ、危ない橋を渡って証拠を持ってきてくれたのだ。直接、礼を言いたいし、もしフィンレイに対してよこしまな想いを抱いているようなら牽制しておかなければならない。

（待てよ、デリック？　聞いたことがある名前だな）

思い出そうとしたが、なかなか浮かんでこない。

「フィンレイ、私はそのデリックという男と面識はあるか？」

「ないと思います。でも一年前の騒動のとき、祖父の依頼を受けて領地まで来てくれていました。あのとき、あなたが狙われているかもしれないと知らせてくれたのがデリックです。私の嫁入りのとき、人足頭としてついてきてくれたのも彼でした」

「ああ、それで聞いたことがある名前だったのか」

ではデリックに命を助けられたのは、これで二度目になる。大恩人ではあるが、フレデリックはもやもやした。

（フィンレイに近すぎないか？　祖父殿の信頼も得ているようだし、有能だ。金に汚くもない。面白くないな）

フィンレイが頼りにしているらしいので、フレデリックの夫としての矜持《きょうじ》が刺激されて落ち着かない。やはり会いたくないと思った。

「とりあえず、デリックに連絡を取ってみますね。でもきっと、王家にさらなる報酬を請求することはないと思います」

フィンレイが苦笑する。欲がないのも面白くないし、フィンレイがデリックの性格を把握しているのも気にくわない。

目の前で明るい笑顔になっているフィンレイが、自分だけの妻だとまたもや確認したくなってくる。しかし、ここで押し倒したら本気で怒らせることになるだろう。帰郷に備えて回復中のフィンレイに無体を働けば、出発がまたもや延びるに決まっている。

領地へ戻る旅の途中で、三人の子供たちに土産を買いたいというフィンレイの話を、フレデリックは内心で葛藤《かっとう》しながらも優しい微笑を浮かべて静かに聞いていた。

その翌日の午後、フレデリックとフィンレイは王都を出ることになった。まだフィンレイの体調は万全ではなかったが、たっての希望だ。

ギルバートが馬車の中に柔らかなクッションや防寒用の毛布などをたくさん積みこみ、移動中のフィンレイがすこしでも快適に過ごせるように気遣ってくれた。

「世話になった。年明けにまた来ると思う。そのときはまたよろしく頼む」

「道中、お気をつけて」

「ありがとう。また来年」

ギルバートをはじめ王都の屋敷の使用人たちに見送られて、フィンレイは馬車の窓から手を振っていた。

それからは、雪が舞う街道をひたすら領地へ向かう。馬車の中はギルバートのおかげで防寒対策がしっかりと取られており寒くなかったが、護衛の騎士たちは馬に乗っている。しきりとフィンレイが気にするので、休憩が予定よりも多くなった。

それ以外は順調な旅だった。大雪に見舞われることもなく、盗賊に襲われることもなく、予約していた宿にはきちんと泊まれたし、フィンレイの体調が大きく崩れることもなかった。むしろ領地が近づくにつれてフィンレイは元気になっていき、子供たちに早く会いたいとくりかえしていた。

「ジェイとキースがナニーたちを困らせていないでしょうか。ライアンは王都留学の準備が進んでいるでしょうか」

「まあ、あの双子はあいかわらずナニーを困らせているのだろうな。ライアンに関しては心配していない」

「あなたは他人事のように言うのですね」

ムッと不服そうに口を歪ませるフィンレイに、宥める笑みを向ける。

「ギルモアからなんの知らせもなかったということは、大きな変化はなかったということだ。領地はきっと平和だったのだろう」

「そうでしょうか」

「そうだと思う」

領主であるフレデリックがすこしくらい領地を留守にしても、ギルモアが城と子供たちを守り、領主補佐役のマーティンが滞りなく政《まつりごと》を動かす。そうなるように、常に準備を怠っていなかった。

「大丈夫、なにも心配はない」

「……私が大丈夫ではないのです」

フィンレイが寂しそうにこぼすので、フレデリックは笑いながら肩を抱き寄せて、愛情をこめたくちづけをした。

十二月三十日の夕方、二人が乗った馬車は領地の城に帰りついた。

日が暮れかけた寒空の下、赤々と燃える篝火に囲まれるようにして、子供たちが出迎えてくれていた。三人の子供たちは毛皮の帽子と上着、手袋も身につけ、しっかりと防寒している。かたわらに立つギルモアも同様だ。

馬車が車寄せに止まるなり、フィンレイが飛び出した。

「ただいま、ジェイ、キース！」

「おかえりなさい、フィンレイ！」

キャーッと歓声を上げながらフィンレイと双子が抱き合う。フィンレイにもみくちゃにされて双子はキャッキャと楽しそうに笑った。

「ライアン、ただいま」

「お帰りなさい」

手を伸ばしたフィンレイに歩み寄り、ライアンがすこしはにかみつつもその輪にくわわって抱きしめ合う。それを横目で見ながら、フレデリックも馬車を降りた。

「旦那様、お帰りなさいませ。長旅ご苦労さまでした」

「ただいま、ギルモア。長い間、留守にした。世話をかけたな」

「いいえ、ご無事でなによりです」

事件の大まかな流れはギルバートからギルモアに伝わっているはずだ。老執事は厳めしい顔にかすかな安堵を含ませた笑みを浮かべた。

「さあ、みんな中に入ろう。ここは寒い」

ひとかたまりになってまだキャッキャとやっているフィンレイたちに声をかけ、フレデリックは六週間以上も留守にしていた領主の城に入っていったのだった。

おわり

お留守番の子供たち

ふと集中力が途切れ、ライアンは読んでいた歴史の本から窓の外に視線を移した。寒そうな鉛色の空から、雪片がひらひらと舞い落ちている。もう十二月。雪が降り出すのは当然だ。まだ積雪はないが、来週には積もりはじめるだろう。

「ジェイとキースはどうしているかな」

五歳になる双子の従弟《いとこ》の様子が気になり、ライアンは休憩することにして自室を出た。

この城の主である叔父《おじ》のフレデリックとその伴侶のフィンレイが、王太子の国葬のために王都へ出かけてから、もう三週間たつ。当初の予定では今日あたり帰ってくるはずだったのだが、次の王太子をだれにするかという国の問題に関わっているらしく、まだ王都を離れることができない、という手紙が昨日届いていた。双子の従弟はそれを聞いて、かなり落胆していたから、わがままを言ってナニーに面倒をかけていないか心配だった。

当主の叔父がいない城は、ライアンが代理の当主になる。まだ十歳だが、次期領主はライアンと決まっているのだ。三週間前、旅立つときにフレデリックは「留守を頼む」と言った。ライアンはこの三週間、執事のギルモアとともに城を守ってきたつもりだ。王都留学のための勉強はきっちりと修めているし、勉強の合間にはときどき双子のナニーに様子を聞いたりした。

双子は、母親代わりとして懐いていたフィンレイがいなくて、とても寂しそうだ。昼食は別だが、朝食と夕食はいっしょに取っているので、日に日に元気がなくなっていっているのがわかる。いつもよりずっとナニーに甘えているらしい。ナニーたちも覚悟していただろうが、あまりわずらわせるとまた彼女たちが疲労で倒れてしまいかねない。フィンレイが嫁いでくる前、双子は「ナニー殺し」という異名までもらっていた。

　フィンレイが来てくれてから、双子はありあまる体力を外遊びでじょうずに発散させてもらって、よく眠るようになった。それだけでなく、フレデリックは笑顔が多くなり、穏やかになった。ライアンも狩りに連れて行ってもらって、とても楽しい。

「……早く帰ってきてほしいな……」

　だれもいない廊下の隅で、ライアンはぽつりと呟いた。弱音を吐いてはだめだと自分に言い聞かせてきた。けれど一言くらいはいいだろう。だれも聞いていない場所ならば。

　ジェイとキースが過ごしている遊戯室に近づいていくと、泣き声がかすかに聞こえてきた。城の各部屋は、分厚い壁と扉のおかげで防音はしっかりしているはず。それなのに、これだけ廊下に聞こえてくるということは、かなりの大声で泣いているのだろう。

　急いで扉を開けると、ワッとばかりに大音量の泣き声が襲いかかってきた。積み木やぬいぐるみ、色とりどりの球がちらかった部屋の真ん中で、ジェイとキースがぺたりと座りこみ、わんわんと泣いていた。その横で、二人のナニーが途方に暮れた表情でおなじように座りこんでいる。

「どうしたんですか？」

ライアンが声をかけると。ナニーが疲れた顔で振り向いた。同時に双子もライアンに気づき、泣きながら縋りついてくる。二人を抱きとめて、よしよしと頭を撫でた。

事情を聞いてみると、双子は午前中からすでに機嫌が悪く、昼食を遊び食べするのでギルモアが叱ったところ、完全に拗《す》ねてしまったらしい。その後、この部屋で遊びはじめたが、どんどん機嫌が悪くなっていき、ジェイがぐずぐずと泣き出したらキースも泣き出し、号泣しはじめたそうだ。どれほど宥めても泣き止まず、ナニーたちは疲れ果てていた。

「ライアン～、ねぇ、フィンレイは、いつ、いつかえってくるの？」

「フィンレイはどこ？」

真っ赤な顔で泣きながら問われ、ライアンは答えられない。この三週間、この子たちなりにずいぶんと我慢していたと聞いている。「いい子でいてね」というフィンレイの言葉をきちんと理解していたのだろう。我が儘は控えめだったし、食事もちゃんと取っていた。それが昨日の手紙で崩れたのかもしれない。もうすぐ帰ってくるからと頑張っていたのに、いつ帰ってくるかわからなくなった。フィンレイが嫁いできてから、二人揃ってこれほど城を空けたことはなかったのだから、不安を抱えてもしかたがない。

「いつ帰ってくるかはわからないけど、僕がいるから、そんなに泣かないで」

「ライアン～」

「ライアン～」

床に座ったライアンの膝に乗り上げて、二人はわんわんと泣く。

ぐすぐすと洟《はな》をすすりながら二人はしだいに泣き止み、静かになったと思ったら、そのままの姿勢で眠っていた。ナニーに頼んで双子を寝室に運んでもらい、ライアンはしばらく付き添うことにした。そのあいだナニーには休んでいてもらう。

目が覚めたら自分が側にいた方が安心するだろう、と並んだ二つの子供用の寝台の横に椅子を持ってきて座る。力一杯泣いたせいで、双子たちは汗をかいていた。前髪が額にぺったりとくっついている。それを順番にかきあげてやりながら、ため息をついた。

眠りながらも悲しんでいるのか、ジェイの目尻からつっと涙が伝って敷布に落ちていく。

（僕も泣きたい……）

幼児は感情のおもむくままに泣けていいな、とライアンは双子を羨ましく思った。

すうすうと規則正しい双子の寝息を聞いていたら、ライアンも眠気を誘われた。座ったまま、いつしか眠ってしまっていた。

夢の中で、ライアンはフィンレイと二人で山に来ていた。狩りだ。

『帰ってきてくれたのですか』

まえを歩くフィンレイが振り向いて、ニコッと笑う。安堵が胸に広がった。

『今日はなにを狙う予定ですか?』

『山鳥かな。ほら、あそこの木の上にいる』

フィンレイに猟銃の手解きをうけ、最近は練習時にすこし的に当たるようになってきた。けれどそれを山や森で実践しようとしても、なかなかうまくいかない。

やっぱり今日も当たらなかった。山鳥はバタバタと慌てて飛んでいく。

『また練習しようね』

がっかりと肩を落としたライアンに、フィンレイが優しく言ってくれる。

『今年の狩りはもう終わりだね。来年の春、雪が溶けたらまた来よう』

来年の約束をしてくれるフィンレイに、ライアンは元気よく頷いた。

『冬の間に射撃の腕を磨きます。来年こそ獲物を仕留めたい。勉強も頑張ります』

『頼もしいな。さすがフレデリックの甥っ子だね』

フィンレイにぎゅっと抱きしめられるのが好きだ。父や母が生きていたら、こんなふうに抱いてくれていたはず。

『叔父上も帰ってきたのですか?』

『お城で待っているよ』

真面目に勉強していると報告したら、きっとフレデリックも褒めてくれるだろう。

『自分なりに、できるだけのことをしなさい』

そう言って、頭を撫でてくれるにちがいない。会いたい。会いたいから帰ろうと、フィンレイを促す。早く、叔父に会いたい。暖炉のまえで、みんなでおしゃべりをしたい。

早く。早く。会いたい――。

「ねえ、ライアンはどうしちゃったのかな」

「おなかがいたいのかな」

「ないてるよ……」

「さむいのかな」

「そうだね。さむいのかも」

耳元でこそこそと声がして、ライアンは眠りから覚めていった。座ったまま居眠りしていたことに気付き、ハッと目を開ける。自分のまえには双子がいて、胸に羊毛の膝掛けをかけてくれていた。

「あ、おきちゃった」

「だいじょーぶ？　ライアン」

キースが手を伸ばし、ライアンの頬に触れた。涙が頬を濡らしていたのだ。

「かなしいゆめをみたの？　ぼくもそういうとき、あるよ」

「ライアンがなくくらいかなしいゆめなら、しかたがないよ」

双子は口々に慰めの言葉をくれる。苦笑いして、ライアンは頬を拭った。

時計を見ると、半刻ほどがすぎている。双子の方がさきに起きたらしい。一眠りして気分が落ち着いたのか、ケロッとしている。

「ねぇ、ライアン、おなかがすいた」

「おなかがすいたの」

昼食をまともに食べていないのなら、お腹が空くのは当然だろう。空腹で双子は目が覚めたのかもしれない。

「じゃあ、厨房になにかもらいに行こうか」

「わーい」

「でも、まずは昼食を残したことを、謝らないとだめだぞ」

「はーい」

揃っていい返事をする双子を連れて、寝室を出る。手を繋いで階段を下り、厨房へ行く。

そこには料理長と、夕食の相談をしていた家政婦長のローリーがいた。

「どうかなさいましたか?」

「二人が空腹だと言うので、はやめにおやつを出してもらいたいのですが」

ライアンがそう言うと、双子はタタッと料理長の足下へ駆けていった。

「おひるごはんをのこして、ごめんなさい」

「のこして、ごめんなさい」

ぺこりと頭を下げる。おやおや、と料理長は丸い腹を揺らして笑った。

「そうですね、残さず食べてほしかったですよ。私が坊ちゃまたちの健康を考えながら作った料理ですから」

ちょうどオーブンから出したところだという、ほかほかの焼きたてクッキーを籠に入れて出してくれた。双子たちは「わーい」と目を輝かせている。

「では遊戯室でお待ちください。お茶をお持ちいたします」

ローリーに言われて、ライアンは双子を連れて厨房を出た。

双子の遊戯室へ行くと、散らかっていた玩具はすべて片付けられていて、子供用の低いテーブルに白いクロスがかけられている。そこにクッキーの籠を置き、涎を垂らさんばかりにうずうずしているジェイとキースを見張りながら待った。

すぐに茶器を乗せたワゴンを押しながらローリーがやって来て、二人のナニーも姿を現した。しばらく休憩したせいか、ナニーたちは顔色がよくなっている。笑顔も見えて、ホッとした。フレデリックとフィンレイの留守中に、ナニーが辞めてしまったら困る。

「食べていいよ」

お茶がそろったところでライアンが許可を出すと、双子は競うように籠のクッキーを取った。

「おいしー」

「すごくおいしー」

もぐもぐとクッキーを食べる双子を微笑ましく眺めながら、ライアンも一枚食べた。ほんのり甘くて、練りこんだ木の実が香ばしくて美味しい。まだ温かいから、しっとりとしているのもいい。お菓子が美味しいなんて言うと子供っぽいかなと思わないでもないが、成人までまだ七年もあるのだから、自分はまだ子供なのだろう。叔父夫婦がいないだけで、こんなにも心細くて辛いのだし。今日はもう勉強は終わりにしようと決めた。

「このあと、ひさしぶりに僕が絵本を読んであげようか」

ジェイとキースが太陽のような笑顔になった。口のまわりにクッキーの欠片をつけて、

「あのね、もりのようせいのほんをよんでほしいの」「まちのかじやさんをよんで。ゆきのなかで、っていうのも」と二人は最近お気に入りらしい絵本の題名をいくつも挙げる。

ナニーが「よろしいのですか？」とそっと尋ねてくるので、「今日の午後はこの子たちと遊びます」と答える。

たまには息抜きをした方がいい、と教えてくれたのはフィンレイだ。その方が勉強の効率が上がる。半日休んだくらいで遅れはしないと自信があった。

クッキーを食べたあとお茶を飲み、双子はパタパタと書棚に走って行って、絵本を取ってくる。二人に挟まれて、差し出された本を順番に読んだ。

窓の外はあいかわらず雪がふわふわと舞っている。けれど部屋の中は、暖炉で燃える炎とジェイとキースの体温のおかげで、とても暖かだった。

おわり

■あとがき■

こんにちは、またははじめまして、名倉和希です。ショコラ文庫「初恋王子の穏やかでない新婚生活」をお手に取ってくださって、ありがとうございます。

市井育ちの素朴な王子フィンレイと、品行方正で頭が固い領主フレデリックの新婚生活の続編をお届けすることができて、とても嬉しいです。前作「初恋王子の甘くない新婚生活」がたくさんの方に読んでもらえたので、続きを書くことができました。もちろん今作だけでも話はわかるように書いたつもりですので、はじめてでもOKです！

内容は、前作の一年後。結婚してから一年半、本当の夫婦となってからは一年という時期に起こった、王位継承問題に絡むアレコレでドタバタしてモヤモヤしてしまうというストーリーです。

いったいいつまでが新婚なのか、という論争は横に置いておいて、二人はまだ新婚気分でラブラブ状態。それなのに多忙によるすれ違い、セックスレスになってしまいます。これは結婚二年目の夫婦にとって大問題。結局は愛情で解決していくわけですが。

今回は物語の舞台が領地ではなく王都になってしまったので、三人の子供たちの出番があまりありませんでした。なので、領主夫妻が留守のあいだ、三人はどう過ごしていたのか、というショートストーリーを巻末に入れてみました。三人はきっと励まし合いながら乗り切ったのだと思います。

イラストは前作に引き続き、尾賀トモ先生にお願いしました。フレデリックがフィンレイに懺悔しているシーンに「そうそう、こんな感じ」とニヤニヤしてしまいました。イメージ通りのイラストをたくさん描いてくださって、どうもありがとうございました。

読者の皆さん、初恋王子の続編はどうだったでしょうか。SNSでちょいちょいと呟いていますが、私は今年三月から一人暮らしになります。とっくに成人している息子と娘が実家を出る、というだけのことなのですが、きっと寂しい生活になります。

ぜひ一言でいいので感想を送ってください。それだけで私の心は慰められ、次の原稿へのモチベーションが上がります。もっともっと溺愛BLを書きたいです。可愛い受けと、受けを好きすぎて頭がおかしくなる攻めを書きたいのです。そのための励ましの言葉をください！

それでは、またどこかでお会いしましょう。

名倉和希

初出
「初恋王子の穏やかでない新婚生活」書き下ろし
「お留守番の子供たち」書き下ろし

この本を読んでのご意見、ご感想をお寄せ下さい。
作者への手紙もお待ちしております。

あて先
〒171-0014東京都豊島区池袋2-41-6
第一シャンボールビル 7階
(株)心交社　ショコラ編集部

初恋王子の穏やかでない新婚生活

2022年2月20日　第1刷

著　者:名倉和希
発行者:林 高弘
発行所:株式会社　心交社
〒171-0014　東京都豊島区池袋2-41-6
第一シャンボールビル 7階
(編集)03-3980-6337 (営業)03-3959-6169
http://www.chocolat_novels.com/
印刷所:図書印刷 株式会社